남자는
바흐를 듣고
여자는
바흐를 느꼈다

윤병대 장편소설

남자는
바흐를 듣고
여자는
바흐를 느꼈다

윤병대 장편소설

발행일 | 초판 1쇄 2016. 7. 12

지은이 | 윤병대
펴낸이 | 임후남

펴낸곳 | 생각을담는집
주　소 | 경기도 광주시 오포읍 머루숯길 81번길 33
전　화 | 070-8274-8587
팩　스 | 031-719-8587
전자우편 | mindprinting@hanmail.net

디자인 | 애드디자인
전　화 | 올인피앤비

978-89-94981-67-3　03810

*책값은 뒤표지에 있습니다.
*잘못 만들어진 책은 구입하신 곳에서 교환해 드립니다.

한국 현대 문학[韓國現代文學]
818-KDC6
895.785-DDC23　CIP2016015881

남자는
바흐를 듣고

여자는
바흐를 느꼈다

윤병대 장편소설

차 례

우연한 인연

성빈은 커피를 마시며 창문 밖으로 일렁이는 바람을 느꼈다. 바람이 보였다. 창문너머 C대학 캠퍼스 언덕의 플라타너스 나무들이 바람결에 출렁거렸다. 흐린 하늘에 잔뜩 먹구름이 끼었다. 장마철이라고 하는데 비가 별로 내리지 않고, 캠퍼스를 따라 길게 뻗은 아스팔트길이 바짝 말라 있다. 비라도 흠뻑 내렸으면 하는 마음으로 그가 하늘을 바라보는 순간, 비가 몇 방울씩 떨어졌다.

늦은 오후, 카페 테이블 몇 자리가 사람들로 채워졌다. 연인으로 보이는 남녀 한 커플과 원피스 차림의 40대 여자 둘이 창가 쪽 자리에 앉아 있고, 중앙 큰 테이블에선 다양한 형태의 사람들이 꽤나 시끌벅적하다. 옷차림새도 자유분방하고 지난 밤 촬영에 대해 얘기하는 걸로 봐서 카페 건물 3층에 있는 영화제작사 '어울림' 관계자들인 듯했다. 그들 중 한 사람은 60대 정도의 외국인인데 특수촬영을 위해서 특별히 모셔온 것 같다. 청바지와 흰 티셔츠를 아무렇게나 입었지만 오랜 세월 한 우물을 판 듯 내공이 느껴진다. 자신들의 작업에 만족한 듯 "원더풀!", "굿 잡!" 같은 귀에 익은 감탄사를 계속 터뜨렸다. 외국인이 섞여서 그런지 아님 자기들 하는 일에 대한 자부심 때문인지, 카페 안 사람들에게 다 들릴 만큼 그들은 큰 목소리로 자신들의 대화에 열중했다. 카페 안에 흐르던 이 집의 단골 레퍼토리인 슈만의 피아노 삼중주곡 선율이 생명을 다하고 있었다.

성빈은 커피 잔에 남아 있던 마지막 한 모금을 의무적으로 훌쩍 들이마시고 책을 덮었다. 생을 뼛속까지 아리도록 바라본 에밀 아자르의 『자기 앞의 생』을 며칠 전부터 읽기 시작했는데, 책 내용이 머릿속에 들어오지 않았다. 카페에 들어온 지 두어 시간이 지났지만 겨우 서너 페이지를 보았을 뿐이었다. 그는 돋보기 안경을 벗어서 안경집에 넣고, 테이블 위에 놓인 갈색 선글라스를 쓸까 가방 안에 넣을까 잠시 망설였다. 창밖을 보니 잿빛 하늘에 빗방울이 흩날리고 있었다. 그는 까만색 가방에 책과 돋보기 안경과 선글라스를 쑤셔 넣고 카페를 나섰다. 카페 출입문 위에 매달린 조그마한 청동 종에서 쨍그랑거리는 종소리가 귓전을 울렸다. 그때 그의 재킷 안주머니에서 휴대폰이 진동하며 자신의 존재감을 알려왔다.

"교수님, 전데요……."

그녀의 목소리는 이미 흔들리고 있었다.

"은채……."

성빈은 아직 뭐라고 얘기할 준비가 되어 있지 않았다.

"아마 천 번은 했을 거예요. 이렇게 숨어버리신다고 문제가 해결되는 거 아니잖아요. 교수님……, 정인이 왜 그랬는지 저도 잘 모르겠어요. 빨리 돌아오셔야죠. 돌아오시면 다 잘 해결될 거예요. 교수님, 제 얘기 듣고 계시죠?"

걱정이 가득 담긴 목소리다.

"……."

성빈이 아무 대답이 없자 그녀는 상대방을 안심시키기 위해 다시 한 번 안간힘을 쓰듯 말했다.

"학과장님께 아무 문제없었다고 다 말씀드렸고, 대학본부에서도 이미 조사를 마쳤는데 별 문제 아닌 걸로 결론을 내린 듯해요. 그러니까 교수님 이제 얼른 학교에 나오셔야 돼요. 총장 선거 앞두고 지금 제일 중요할 때인데 이렇게 오랫동안 얼굴 안 보이시면……. 정인이 때문에 정말 죄송해요."

너무도 안타까워하는 그녀의 목소리를 듣고 그는 무슨 반응이든 보이지 않을 수가 없어 입을 열었다.

"은채, 아무 걱정할 거 없어. 꼭 그 일 때문만은 아니고, 오래전부터 쉬어야겠다는 생각을 했던 거야. 그대한텐 오히려 내가 더 미안하지. 행사도 끝났으니까 좀 쉬어. 난 생각이 정리되면 학교에 나갈 거니까 그렇게 알고. 알았지?"

"교수님……, 보고 싶어요."

정은채는 이내 울음을 터뜨렸다. 흐느낌 속에 들려오는 보고 싶다는 그녀의 말이 그의 마음을 흔들리게 했다. 마음을 정리하려고 일주일 가까이 이곳저곳 돌고 왔는데, 그의 생각은 아무 것도 정리된 게 없었다. 뉴스 검색을 위해 잠시 켜 두었던 휴대폰의 종료 버튼을 다시 꾹 눌렀다.

성빈이 정은채를 처음 만난 것도 바로 이 카페에서였다. 8년 전 겨울이었다. 교수 채용이 결정되었다는 소식을 듣자마자 무작정 자동차를 몰고 C시로 내려왔었다. 그땐 그냥 서울을 떠날 수 있기만을 바랐다. 주변에선 월급 많고 모두가 우러러보는 명문대학 교수 자리 그만두고 왜 지방대학이냐며 극구 말렸지만, 그의 입장에선 서울을 떠날 수 있다는 게 행운처럼 느껴졌다. 그만큼 그에게 주어졌던 현실이 고통스러웠다. 그리고 C대학이 지방대학이긴 해도 나름 역사와 전통을 갖고 있고, 어차피 학생들 가르치는 일은 어디서든 마찬가지란 생각이었다. 어쩌면 당시의 그로선 서울을 탈출할 수 있는 최상의 조건이 주어진 셈이었다.

8년 전 C시로 내려왔던 그날, 성빈이 C대학 이곳저곳을 둘러본 후 따뜻한 커피 한잔을 마시기 위해 발견한 곳이 바로 이곳 '목련꽃 핀 날'이란 이름의 카페였다. 유난히 추운 겨울 이른 저녁 시간이었다. 성빈이 네 개의 화강암 대리석 기둥으로 세워진 대학 후문을 걸어 나오니 정문 쪽과는 전혀 다른 분위기였다. 자동차를 타고 들어왔던 정문 주위에는 서울의 신촌만큼은 아니어도 온갖 음식점, 옷가게, PC방, 술집, 커피숍 등이 다양한 모습으로 즐비했지만, 후문 쪽은 오래된 주택가 분위기가 물씬 풍겼다. 대리석 기둥 맞은편 쪽으로 4, 5층짜리 건물들이 이차선 도로를 따라 늘어서 있었고, 도로 안쪽으로는 2층 양옥들이 적당한 간격으로 주택가를 형성하고 있었다. 커피 한잔 생각에 그가 빠르게 걸음을 옮기는데, 연립주택 행렬 끝자락에 빨간색 벽돌의 5층 건물이 그의 눈에 들어왔다. 건물 중간 모서리에 까만색 바탕에 흰색 글자로 '목련꽃 핀 날'이란 간판이 붙어 있었다.

성빈이 2층에 있는 카페 문을 열고 들어서니 생각보다 분위기가 아늑했다. 헤이즐넛 커피향이 코끝을 스쳤다. 실내는 전체적으로 짙은 브라운색 계열의 목재로 인테리어를 했다. 한쪽 벽면엔 군데군데 흑백사진과 책들이 보기 좋게 진열돼 있었다. 실내 모퉁이마다 은은한 불빛을 내뿜는 스탠드 전등은 영화 '가스등'에 나왔을 법한 고풍스런 분위기를 풍겼고, 평범한 목재로 보이는 테이블도 손가락으로 튕기면 꽤나 묵직한 소리가 날 만큼 품격이 있어 보였다. 주방 쪽 벽면 전체에는 짙은 보라색으로 물들인 고급스런 염직물이 덮여 있고, 이 염직물 한쪽 끝자락엔 안개꽃과 장미꽃 몇 다발이 잘 말려진 채 걸려 있었다. 섬세한 여자의 손길이 그대로 느껴졌다.

성빈의 입장을 축하라도 하듯 우아한 브람스 교향곡 4번이 실내 분위기에 맞춰 흘렀다. 창가에 앉아 있던 젊은 남녀가 빤히 그를 쳐다보았는데, 마치 그의 외모를 평가라도 하는 것처럼 눈길이 느껴졌다. 성빈이 자리에 앉자마자 그 중 젊은 여자가 일어나 나비처럼 살며시 다가섰다.

"저, 잠깐 앉아도 될까요?"

"네?"

젊은 여자의 갑작스런 접근에 성빈은 놀라지 않을 수 없었다. 그녀는 마치 서로 아는 사이인 것처럼 말을 걸었다.

"저, 드릴 말씀이 있어서요."

"……."

낯선 도시의 낯선 카페에서 생면부지의 젊은 여자가 할 말이 있다고 하니 그는 어안이 벙벙했다. 허락하고 말 것도 없이 여자는 슬그머니 앞자리에 앉았다. 그리고 그의 얼굴을 다시 빤히 쳐다보더니 배시시 미소를 지었다. 마치 전에 몇 번이라도 만난 듯 그녀는 이미 어색한 표정이 아니었다. 귀밑까지 내려오는 단발머리를 한 그녀는 실내가 다소 어두웠음에도 불구하고 유난히 하얀 얼굴이 도드라졌다. 정말 뭔가 할 말이 있는 것 같은 표정이었다.

"저기요, 실은 부탁드릴 게 있는데요. 꼭 좀 들어주셔야 하거든요. 저쪽에 앉아 있는 남학생이 제 남자 친군데요.

음, 그러니까 저희가 만난 지 오늘로 꼭 100일이 되거든요. 그래서 말인데요. 제 부탁하는 말 들어주실 거죠?"

생글거리며 말을 하는, 대학생으로 보이는 여자의 말뜻을 성빈은 알아들을 수가 없었다.

"네? 학생, 무슨 말인지……. 저를 혹시 아시나요?"

"조금 전에 창문으로 여기 들어오시는 거 봤거든요. 그래서……."

그는 조금 난감해진 표정으로 그녀의 말을 잘랐다.

"그러니까 처음 보는 사람한테 무슨 부탁을 하겠다고……."

"오늘이 저희들 만난 지 100일째라 자꾸 제 남자친구가 오늘밤은 같이 보내야 한다고 해서요. 그래서 내기를 했거든요. 만약 오늘 안으로 제 남자친구 만큼 멋있게 생긴 사람을 발견해서 제가 말 붙이는 걸 성공하면, 오늘밤 같이 지내는 걸 200일째 밤으로 연기하는 걸로요. 그래서 조금 전에 아저씨가 이 카페로 들어오시는 거 봤는데 아저씨같이 생긴분이 제 이상형이거든요."

그녀는 퍽 진지하게 상황을 설명했지만 그로서는 도무지 이해할 수 없었다.

"이보세요. 학생인 거 같은데 내가 그대 같은 어린 사람들 하고 같이 장난할 나이도 아니고, 난 오늘 여기 처음 온 사람인데…… . 그만 돌아가세요."

둘의 첫 만남은 이렇게 시작됐다. 8년 전 그날 성빈과 정은채, 그녀의 남자친구 이정인, 그리고 이들의 대화에 흥미를 느껴 나중에 합석한 '목련꽃 핀 날'의 사장 김명진 등 네 사람은 저녁부터 밤늦게까지 한데 어울려 술을 마셨다. 처음 본 사람들이었지만 네 사람은 마치 오래된 지인들처럼 잘 어울렸다. 나이 차이에도 불구하고 서로 잘 통하는 사람들처럼.

성빈은 카페 문 앞에 선 채 한동안 휴대폰을 물끄러미 바라보았다. 정은채와의 전화 한 통화로 오래 전 기억이 되살아나며, 그의 머릿속이 뒤죽박죽 돼버린 듯했다. 그는 길게 한숨을 내쉬었다. 문득 선운사 뒷길을 걷고 싶다는 생각이 간절해졌다.

향수 냄새

한여름의 선운사 뒷길은 온갖 풀벌레 소리로 천지가 진동했다. 절집 뒤로 보이는 동백은 변함없이 짙은 초록빛이었다. 지난해 봄 동백꽃을 보고 싶어 한달음에 차를 몰고 달려왔지만 성빈은 동백꽃을 마주할 수가 없었다. 이미 낙화한 그것들은 마치 처참하게 살해당한 시체처럼 그를 외면했었다.

성빈은 멀리서 동백 군락지를 바라보았다. 그리고 경내로 들어서지 않고 뒷길로 길을 잡았다. 나이 40이 넘어서면서부터 그는 걷는 게 좋았다. 특히 생각을 정리할 때가 되면 무조건 길을 걷는 게 어느새 습관이 됐다. 선운사 뒷길은 그가 가장 소중히 여기는 길 중 하나다. 이 길을 걸을 땐 뭔가 특별한 생각을 하고 있는 셈이었다. 휴대폰까지 꺼둔 채 선운사 뒷길을 걷다 보니 그는 그야말로 세상과 단절된 듯 해방감마저 들었다. 하지만 머릿속까지 해방될 수는 없는지, 꼬리에 꼬리를 물고 온갖 상념들이 이어졌다. 옛날 같았으면 벌써 아내에게 달려갔을 텐데, 생각하다 그는 혼자 쓴웃음을 지었다. 아내와의 대화가 단절된 게 벌써 10년쯤 된다. 강산이 변할 만한 세월인데 둘 사이엔 아무것도 변한 게 없다. 오히려 자꾸 악화만 되어갈 뿐이다. 성빈이 C대학으로 내려온 8년 전부터 성빈은 지방도시인 C시에서, 아내인 서영교는 서울에서 그냥 타인처럼 살아가고 있다. 삶의 공간마저 달리한 채 둘은 정해 놓은 종착역도 없이 평행선을 달려가고 있는 것이다. 이것은 그의 가슴 한쪽이 늘 무거운 바위로 짓눌리듯 답답한 이유이기도 했다.

세계적인 상담심리학자 엘리자베스 퀴블러 로스는 『상실 수업』에서 사람이 비극적 상황을 극복하는 모습을 몇 단계에 걸쳐서 이렇게 말했다.

"인간이란, 비극적 상황을 맞게 되면 처음엔 절망과 분노를 느끼게 되고, 자신의 존재 자체를 부정하는 좌절의 단계를 거쳐서 차츰 현실적 타협을 하게 되고, 그리고 자신이 처한 상황을 인정하게 되면서 마침내 주어진 삶의 현실을 받아들이게 된다."

'그럼 난 지금 어느 단계에 와있는 것인가?'

성빈은 길게 한숨을 내쉬며 하늘을 올려다보았다. 하늘은 무심하게도 푸르기만 했다.

성빈과 서영교의 단절은 표면적으로는 아주 사소한 일상에서 시작되었다. 서영교는 M방송사 PD로 꽤 잘나가는 인물 다큐멘터리 프로그램을 맡고 있었는데, 프로그램 개편에서 소위 물을 먹고야 말았다. 아무런 이유 없이 잘하고 있던 프로그램을 동료 PD에게 빼앗겨버린 것이었다. 그녀는 속된 말로 '꼭지가 돈' 상태였다.

"그 계집애는 왜 맨날 내 뒤만 쫓아오면서 주워 먹고 다니는지 모르겠어. 그것도 국장한테 알랑거리면서 말이야."

밤 12시가 넘어 집에 들어온 서영교는 침대에 누워 책을 보고 있는 성빈을 쳐다보지도 않은 채, 핸드백을 확 방바닥에 집어던지며 한마디 내던졌다. 술 냄새가 확 풍겼다. 프로그램 개편 때만 되면 종종 보아오던 모습이라 그냥 가만히 있는 게 상책이란 걸 그는 경험으로 알고 있었다. 그런데 이번엔 좀 달랐다. 그녀는 그를 향해 목소리를 높였다.

"사람이 뭐라 말을 하면 반응을 좀 보여야지. 당신 왜 그렇게 이상한 눈으로 쳐다보고만 있어?"

"아, 그야 당신이 화가 좀 많이 난 거 같아서……."

성빈은 무슨 말을 해야 할지 우물쭈물했다.

"당신, 이화영이라고 알지? 이번에도 또 국장한테 들러붙어서 내 프로그램 뺏어가잖아. 난 정말 그 계집애 없는 세상에 살고 싶어. 이게 도대체 몇 번째야! 교양 다큐인데 시청률 7, 8 프로 꼬박꼬박 나오고, 지난번 방송대상 작품상도 받았고, 이제 롱런 단계인데 도대체 이럴 수가 있는 거냐고!"

그녀가 남편으로부터 뭔가 응원의 말을 듣고 싶은 모양이란 걸 직감으로 알아챘지만 성빈은 지극히 논리적인 대답을 했다.

"그럼 그건 화영 씨 문제라기보다는 국장이 더 문제 있는 거 아냐? 담당자 정하는 건 국장이 하는 거잖아."

서영교는 성빈이 이치를 따지고 들자 더욱 열이 뻗치는 듯했다.

"국장 그 인간도 물론 문제가 있지. 그런데 화영이 그 계집애가 요새 매일 국장 따라다니며 내 프로그램이 어쩌고저쩌고 하면서, 지가 시청률 10프로 이상 올리겠다고 온갖 아양을 다 떨고 그러잖아. 그런 짓하고 다니는 건 우리 교양국 PD들이 다 알고 있다고. 그리고 그 계집애는 왜 맨날 내 프로그램만 치고 들어오냔 말이야!"

그녀는 이미 열을 받고 있는데, 그는 계속 객관적으로만 상황을 정리하려고 했다.

"당신, 화영 씨랑 유일한 교양국 동기이고 잘 지내는 사이 아냐?"

마침내 서영교는 감정의 선을 넘어서고 있었다.

"웃기는 소리 하지 마! 그 계집애 화장도 부쩍 짙어지고, 옷도 무슨 술집에서 영업하는 애들처럼 입고 다녀. 정말 꼴불견인 데다가 요샌 교양국 남자 PD들만 저녁마다 불러내서 술 사 먹이고, 지 남편이랑 사이가 안 좋은 건지 정말 가관이란 말이야!"

성빈은 이쯤에서 대화를 마무리하고 싶은 생각이 간절해졌다. 목소리 톤까지 부드럽게 하면서 나름 분위기를 바꿔보려고 시도했다.

"여보, 그만하지. 당신이 프로그램 잘 정착시켜서 다른 사람 넘겨주면 그것도 좋은 거잖아. 당신이 또 프로그램 하나 새로 맡아서 히트시키면 되지 뭐. 당신은 프로그램 히트 제조기잖아."

그러나 그의 말은 이미 그녀에게 먹히지 않는 상황이었다.

"웃겨. 당신은 화영이 처음 봤을 때도 그 계집애 괜찮다고 얘기하더니, 내가 화영이 욕하니까 듣기 싫은가 보지!"

이미 감정의 전선은 부부 사이로 옮겨져 있었다.

"굳이 이 자리에 없는 사람 인신공격하는 식으로 말하는 거 좀 그래서 그래. 이제 그만하지."

"알았어. 자고 싶단 말이지? 그럼 혼자 잘 주무셔!"

서영교는 꽝 소리가 나게 방문을 닫고 나가버렸다. 그날 밤 베개를 들고 나간 그녀는 다시 방으로 돌아오지 않았다. 10년 전 그날 밤, 이들 부부가 결혼 후 처음으로 각방에서 잠을 잔 게 끝 모를 불화의 시작이 될 줄은 두 사람 모두 상상조차 하지 못했다.

선운사 뒤 산길로 접어드는데, 길을 내려오던 등산복 차림의 중년 신사가 성빈에게 인사를 건넸다.

"혼자 오셨네요. 물소리가 정말 좋습니다."

"아, 네. 수고 많으십니다."

성빈이 엉거주춤 화답을 했다. 계곡에선 맑은 물소리가 쉼 없이 이어지고 있었다. 마른장마여서 물은 줄어든 듯해도, 크고 작은 바위를 쓰다듬으며 변함없이 흘러내리고 있었다. 멈춤이 없었다.

이번에는 너덧 명의 여자들이 형형색색 등산복 차림으로 내려왔다. 갑자기 주변이 시끄러워졌다. 이들의 기세에 눌린 듯 숲속 풀벌레들도 잠시 울음을 멈췄다. 재킷을 걸친 남자 혼자 호젓한 산길을 걷는 게 좀 이상해 보였는지 짙은 선글라스를 쓴 여자들이 성빈을 슬쩍슬쩍 곁눈질했다. 일행 중 한 명이 마치 들으라는 듯 한마디 던졌다.

"얘들아, 내 스타일 아니야!"

그러자 나머지 여자들이 까르르 큰소리로 웃었다. 바람이 살짝 불자 짙은 향수 냄새가 후각을 자극했다. 순간 성빈은 아주 오래전 결혼기념일에 아내에게 향수를 선물했던 기억이 떠올랐다. 아내가 브랜드 이름을 적어준 쪽지를 들고 난생 처음 백화점 향수 코너를 찾아 호리병처럼 요상하게 생긴 향수제품을 사 갔던 그날 밤, 이들 부부는 결혼 후 손꼽을 만한 짜릿한 밤을 보냈다. 평소와 달리 아내는 잠자리 도중 소리까지 질렀다. 둘의 관계가 절정에 올랐을 때 침대 옆 오디오 세트에서는 쇼팽의 녹턴이 흘러나오고 있었다. 그래서 그날 이후 쇼팽의 피아노곡은 성빈에게 가장 섹시한 음악이 되었고, 아내의 귀밑에서 뿜어져 나온 그 향수 냄새는 세상에서 가장 섹시한 냄새로 남게 되었다.

성빈과 서영교는 캠퍼스 커플이었다. 둘 다 경제적으로 풍족한 집안은 아니어서 대학 다닐 때 줄곧 과외를 하며 용돈을 벌었다. 학번은 성빈이 두 해 빨랐지만 군대를 다녀와 복학을 했기 때문에 졸업은 같은 해에 했다.

두 사람은 남들 눈엔 특이한 커플이었다. 80년대 중반에 대학을 다닌 이들은 유별나게 학창시절을 보냈다. K대 문학 서클인 'K대 문학회' 멤버였던 둘은 학교에서 데모를 할 땐 결코 빠지는 법이 없었다. 맨 앞줄에 서서 죽어라 소리치며 전경들과 몸싸움을 했고, 시험기간이나 축제 때가 되면 누가 먼저라고 할 것 없이 함께 배낭을 꾸렸다. 전국의 유명한 산들을 배회하고 다녔고, 2박3일 만에 지리산 종주한 걸 두 사람은 늘 자부심으로 얘기하곤 했다. 둘은 시험 치는 날에 맞춰 겨우 시험을 볼 뿐 학과 공부는 담을 쌓고 살았다.

그래도 이들은 꼭 도서관에서 붙어살았다. 둘 중 하나가 아침 일찍 도서관에 자리를 잡았고, 데모 없는 날엔 거의 하루 종일 나란히 붙어 앉아 도서관에서 살다시피 했다. 남들은 이들이 공부를 꽤 열심히 하는 줄 알았다. 하지만 이들이 도서관에서 보는 책들은 체 게바라 평전이나 프랑스 혁명사, 랭보와 말라르메 시집, 톨스토이와 도스토옙스키, 조세희나 이청준의 소설 등 전공과 무관한 것들이었다. 마르크스와 웨버 등 사회학 고전이나 사르트르, 니체 등 실존주의 철학에 빠져들기도 했다. 공부와 관계없이 자기들 보고 싶은 책들을 닥치는 대로 읽으면서 잡식을 했다.

성빈과 서영교는 그 당시 대학의 주류 문화에 쉽사리 동조하지 못했다. 주변인처럼 살았다. 운동권 학생들과 때로 어울리기도 했지만 NL계열이니 PD계열이니 하면서 서로 주도권 다툼을 하는 모습에 세속적 권력투쟁의 일면을 엿보기도 했다. 그런 자리에 휩쓸리기는 것도 싫었다.

80년대 중반에도 캠퍼스 안에는 가장 대우가 좋은 기업에 취직하기 위한 생존경쟁이 존재하고 있었다. 대강당에선 ‘TIME’ 특강이 자리가 없을 만큼 인기가 있었고, ‘AFKN’ 청

취바람이 유행처럼 불고 있었다. 성빈과 서영교는 오직 월급 많이 주는 대기업에 취직하기 위해 남의 나라 말을 죽어라 공부해야 한다는 현실이 너무도 모순이라고 생각했다. 영문과 학생인 이들이 영어 공부를 더욱 멀리한 이유이기도 했다.

둘을 동지적 유대감으로 이어준 것은 무엇보다 음악이었다. 서영교가 아르바이트 월급으로 산 흰색 카세트테이프 플레이어로 두 사람은 도서관에 있을 때나 커피를 마실 때 그리고 캠퍼스 벤치에 멍청하게 앉아서 늘 음악을 들었다. 마치 이어폰이 둘을 하나로 이어주기라도 하는 듯 하나씩 귀에 꼽고 주로 클래식 음악을 들었다. 바흐를 들으며 중독성 강한 수학적 운율을 느꼈고, 브람스를 들으며 우아한 삶의 달콤함을, 쇼팽을 들을 땐 때로 젊음의 열정과 외로움을 맛보았다. 베토벤을 통해서는 온 우주를 마음대로 날아다니는 예술가의 천재성을, 슈베르트를 들으며 삶이 정화되는 순수성을 맛보기도 했다. 그들은 그것으로 공허함을 달랬다.

선운사 뒷길을 반쯤 올라갔을 즈음 성빈은 갑자기 음악

이 듣고 싶었다. 더 이상 올라갈 힘도 없었다. 아니 올라갈 의지가 없다고 하는 게 맞을 듯했다. 그는 오던 길을 성급히 되돌아와 자동차 시동을 걸었다. CD플레이어 버튼을 꾹 누르고 손에 잡히는 CD를 밀어넣었다. 볼륨을 최대한 높이고 창문을 활짝 열었다. 존 레논의 '이매진'이 멋진 여자의 머플러처럼 자동차 차창 밖으로 휘날렸다.

주홍글씨

열흘 만에 숙소로 돌아오니 아파트 화단의 백일홍이 성빈을 바라보며 웃고 있는 듯했다. 여름에 꽃이 피는 백일홍은 그 수줍은 자태만큼 소리 소문 없이 개화한다. 오랜만에 성빈의 얼굴을 본 경비실 아저씨가 여느 때와 달리 반갑게 맞아주었다.

"아이고, 교수님 어디 갔다오셔유? 학교에서도 여럿 왔다갔고, 여러 사람이 왔다갔시유. 그 예쁘장하게 생긴 교수님 제자라고 하는 아가씨는 벌써 여러 날 왔다갔는디……. 무슨 일 있는 건 아니지유?"

경비실 아저씨가 걱정스러운 듯 쳐다보았다.

"네, 아저씨. 그냥 여기저기 여행 다녀왔습니다. 며칠 안

본 사이에 백일홍이 활짝 폈네요."

"그까짓 꽃이야 때가 되면 다 피는 것이고……. 그리고 어떤 아주머니가, 말씨를 보니까 서울 사람이던데. 잠깐만유……. 아, 여기 있네. 이걸 교수님한테 전해달라고 하면서……."

성빈은 얼른 봉투를 받아들고 엘리베이터 쪽으로 돌아섰다.

"네, 고맙습니다. 그럼 올라가겠습니다."

M방송사 봉투인 걸로 봐서 아내가 왔다 간 듯하다. 성빈은 얼른 엘리베이터를 타고 올라가 문을 열고 배낭을 식탁 위에 내려놓기 무섭게 봉투를 뜯었다. 아주 오랜만에 보는 아내의 글씨였다.

정말 오랜만이네.

몇 번 전화를 해봐도 안 되고 해서 내려와 봤는데 집에도 없네.

학교에 가볼까 하다가 괜히 다른 사람들이 이상하게 생각할 것 같아서 몇 자 남길게.

그동안 C대학 정상화시키는 데 활약한 거 가끔씩 뉴스에 뜨더라. 이번에 이쪽 지역 사회와 교수들이 밀어서 유력한 총장 후

보라고 들었어. 자리 욕심 없는 줄 알았는데 대학 총장은 할 만한가 보네. 이 말은 그냥 농담이야. 농담이 다 나오네.

C대학에 내가 아는 사람들도 좀 있는데 혹시 필요하면 연락해. 이왕 나선 거니까 잘됐으면 좋겠고, 서울 오면 꼭 한번 봤으면 해. 이젠 애들 보기도 그렇고, 우리도 대화가 필요한 게 아닌가 싶어.

잘 지내길 바랄게.

서영교

성빈은 선 채로 몇 번이나 편지를 읽었다. 어떻게 된 일인가. 아내 서영교로부터 화해의 메시지가 온 것인가. 그것도 C시에 내려온 지 8년이 지나도록 얼굴 한번 내밀지 않았던 그녀가 이곳에 몸소 내려와서 편지까지 남겼다는 사실이 그는 도저히 믿기지 않았다. 지난 세월 몇 번이나 손을 건넸지만 매몰차게 거절했던 그녀였다. 그녀가 심경의 변화를 일으킨 이유가 무엇일까. 성빈은 다시 편지를 읽어 내려갔다. 아내는 열흘 전쯤 벌어진 그 일은 모르는 듯했다. 그 사건이 터지고 난 후 성빈은 잠적했고, 그사이 그녀가 숙소를 찾아온 것이었다.

성빈은 데스크 컴퓨터 전원을 켰다. 빠른 손놀림으로 C대학 홈페이지에 들어갔다. 자유게시판을 열어 보니 이정인이 올린 글은 이미 삭제되었고, 수십 개 이어졌던 댓글들도 모두 흔적을 감추었다.

그는 짧게 한숨을 쉬었다. 정은채가 전화에서 말한 것처럼 외형상으로는 일단 문제가 정리된 것으로 보였다. 하지만 그의 마음속 깊은 곳으로부터 알 수 없는 의문들이 안개처럼 꼬리를 물고 피어올랐다. 그리고 왠지 불안했다. 앞날에 대한 걱정이나 두려움과는 또 다른 이 불안함의 근원은 무엇인가. 인간에 대한 배신감 때문인가, 자책감 때문인가. 아니면, 자신에 대한 정체성의 혼란 때문인가. 온갖 정체불명의 어두운 그림자들이 머릿속을 헤집고 들어왔다.

열흘 동안 훌쩍 집과 학교를 떠나 생각을 정리하려 했지만 그게 모두 말짱 꽝이었음을 깨달았다. 이정인이 학교 인터넷에 올렸던 글이 사진처럼 고스란히 그의 눈앞에 떠올랐다.

C대학 구성원 여러분께 긴급히 글을 올립니다.

저는 이 대학 경영학과 졸업생 이정인이라고 합니다. 지금은 C은행에서 일하고 있습니다. 저는 요즘 저희 대학에서 가장 존경받고 있는 교수님 한 분을 고발하려고 합니다. 제가 그분을 이렇게 공개적으로 고발하는 것은 평소에 그가 학생들에게 가르쳤던 것과는 달리 위선적일뿐만 아니라 부도덕하며 무책임하기 때문입니다. 그는 C대학 사회학과 교수이자 지금 유력한 총장 후보로 거론되고 있는 성빈 교수입니다.

저는 성빈 교수를 8년 전부터 알아왔고, 어쩌면 저희 학내에서 그를 가장 잘 알고 있는 사람 중 하나라고 생각합니다. 저는 그의 학문적인 지향점을 존경했고, 우리 학교를 바르게 이끌어가고자 하는 그의 열정을 적극 지지했으며, 솔직히 말하면 그의 인간적인 면에 이끌려 지금까지 그를 따랐습니다.

그러나 성 교수의 그 모든 것이 허위이고 위선임을 저는 최근 깨닫게 되었습니다. 그에 대한 최소한의 예의를 지켜 개인적인 문제를 일일이 들추지는 않겠습니다. 지난 주 그가 저지른 행위 하나만을 공개하는 것으로 충분하다고 생각합니다.

지난 주 금요일 저녁, 저희 대학 부설기관인 '내일을 여는 다문화가정 지원센터' 주관으로 우리 지역 다문화가정을 위한 '아시아 문화축제' 마지막 날 행사가 열렸고, 늦은 밤에 학교 인근 음식점에서 뒤풀이가 있었습니다. 저는 한때 이 지원센터의 자원봉사자로 일했고 지금은 후원자로 있기에 그날 이 행사 뒤풀이에 참여했습니다.

성빈 교수는 이 센터의 운영위원으로서 그날 뒤풀이 행사에 참석해 결코 용서할 수 없는 부적절한 행동을 보였으며, 그날 그 자리에 있었던 참석자 모두를 실망시켰고 분노케 했습니다.

성 교수는 다문화센터를 실질적으로 이끌어오고 있는 여성 간사에게 부적절한 신체접촉 행위를 했습니다. 이 여성 간사의 어깨와 등을 여러 차례 만진 행위는 성희롱일 뿐만 아니라 성추행에 해당하는 행위였음을 분명히 밝히고자 합니다.

이런 사람이 우리 지역의 사학명문인 C대학의 총장이 된다는 것은 우리 대학의 명예에 심각한 손상을 입히는 것뿐만 아니라 대학 구성원 모두에게 수치심을 안겨주는 일이라고 판단합니다.

이에 따라, 저는 성빈 교수가 최소한의 양심을 걸고 스스로 총장 후보에 나서지 않는 것은 물론이고, 당장 학교를 떠나줄 것을 공개적으로 요구합니다.

저는 C대학을 사랑하는 한 사람으로서 또 졸업생으로서 이 사실을 모든 분들에게 알리고자 합니다. C대학 재학생과 교수님, 그리고 학내 구성원 여러분의 현명한 판단을 기대하겠습니다.

졸업생 이정인 올림

이 글이 학교 인터넷 홈페이지에 오르자 C대학은 들끓을 수밖에 없었다. 가끔씩 학생들이 교수를 매도하는 글들을 올리기도 했지만, 그런 글들은 대부분 익명이었다. 또 나중에 알고 보면 학점을 짜게 받거나 혹은 어떤 이유에서건 교수에게 감정이 상한 학생들이 억하심정으로 올린 글들이 대부분이었다. 하지만 이번 건은 달랐다. 분명히 자기 이름을 실명으로 밝히고 구체적 사실을 서술하고 있기 때문이었다. 더군다나 그 내용이 '주홍글씨'가 아닌가. 사실 여부를 떠나 주홍글씨로 매도를 당하면 누구도 살아남을 수 없는 게 요즘의 사회적 분위기다. 지난해 장관 청문회에서도 부동산 투기로 구설수에 올랐던 어느 장관 후보는 막판에 겨우 살아났지만, 성희롱에 연루된 또 다른 장관 후보는 여성단체를 비롯한 시민단체에서 들고일어나는 바람에 결국 청문회에 서 보지도 못한 채 낙마를 하고 말았다.

성빈에게 전화가 빗발쳤음은 물론이었다. 동료 교수들의 걱정 반 호기심 반 전화가 밀려들었고, 지역 언론에서도 확인전화가 이어졌다. 성빈이 C대학의 총장 후보로 떠오르면서 이미 몇 차례 신문과 방송에 등장을 했던 터라 언론의 관심은 더욱 지대할 수밖에 없었다. 더군다나 성빈이 누구인가. 지난 수년 간 C대학 재단의 횡포에 맞서 싸웠고, 그 결과 C대학을 정상화의 괘도까지 올려놓은 주역이 아닌 가. 그는 지난 4년간 '교수대책위원회'와 'C대학정상화 추진위원회' 간사와 위원장 등을 맡으면서 C대학 교수와 학생 그리고 동창회와 지역 사회로부터 폭넓게 지지를 받고 있는 상징적 인물이었던 것이다. 그런 그가 구설수에 오른 것 자체가 놀라운 일인데 그것도 이른바 성희롱에 연루되고 보니 그 파장은 꽤나 컸다. 그런데 성빈이 이정인의 글에 대한 적극적인 해명도 하지 않은 채 종적을 감춰버렸기 때문에 대학은 물론이고 교육계와 지역 사회의 적지 않은 화제가 되기에 충분했다. 거기에다 오랜 진통 끝에 관선으로 꾸려진 재단이사회에서 이제 막 새 총장 인선을 위한 규정을 마련하고 총장 선출을 위한 공고까지 낸 상태였는데, 유력 총장 후보가 잠적을 해버렸으니 그 파장은 클 수밖에 없었다.

성빈은 지난 열흘 동안 사태가 어떻게 진행됐는지 더 이상 알고 싶지 않았다. 모든 걸 그냥 내려놓으면 될 일이 아닌가. 애당초 총장이 되고 싶은 것도 아니었고, 또 그럴 생각도 없었다. 지금 이 순간 무엇보다 "보고 싶어요." 하면서 흐느끼던 은채가 궁금했다. 아니, 걱정이 되었다. 당장 그녀의 목소리를 듣고 싶고 얼굴도 보고 싶었다.

하지만 그는 그럴 엄두를 내지 못했다. 무엇보다 먼저 정인을 만나야만 했다. 왜 그래야만 했는지 그의 목소리를 직접 들어야만 했다. 어쩌면 그건 지금 그의 머릿속에 가득한 정체불명의 그림자를 걷어내기 위해 첫 번째로 치러야 할 의식인 듯했다. 그랬다. 성빈과 정은채, 그리고 이정인은 오랜 세월 애써 외면한 채 장롱 속 깊숙이 감춰둔 보따리를 이젠 풀어야만 할 때가 왔다는 걸 본능적으로 느끼고 있었다.

성빈은 망연한 표정으로 창문 밖 백일홍을 바라보았다. 그는 백일홍을 C시에 와서 처음으로 보았다. 처음 이 꽃에 대한 생각은 참 촌스럽다는 것이었다. 장미처럼 아주 화려한 빨강색도 아니고, 분홍빛 카네이션처럼 곱지도 않은 어중간한 붉은 색깔의 꽃. 하지만 이 백일홍에 얽힌 사연을 알고 나서 그는 이 꽃에 흠뻑 빠져들게 되었다.

남미가 원산지인 이 백일홍의 꽃말은 행복, 이별의 그리움 등 그 의미부터가 알쏭달쏭하다. 브라질의 세계적인 축제인 리오 카니발에서는 춤추는 무희들에게 이 꽃을 던져 준다고 한다. 이 백일홍과 관련된 얘기 중 백미는 단연 브라질 흑백영화 '흑인 오르페'다. 이 '흑인 오르페'는 그리스 신화에 나오는 오르페우스에 관한 얘기를 영화로 만든 것이다.

그리스 신화에서 음악의 신인 오르페우스는 아름다운 여인 유리디스와 사랑에 빠졌다. 하지만 어느 날 유리디스가 독사에 물려 죽자 오르페우스는 저승으로 달려가 유리디스를 구하려 한다. 오르페우스의 지고지순한 사랑에 감복한 저승의 신 하데스는 유리디스를 살려주기로 하고, 대신 저승 동굴을 빠져나갈 때까지 뒤를 돌아보지 말라는 옵션을 걸었다. 그런데 동굴을 빠져나오는 마지막 순간, 하데스와의 약속을 잊어버린 오르페우스는 그만 뒤를 돌아보았고 그 순간 영원히 유리디스를 잃고야 만다. 이 오르페우스 신화의 브라질식 버전이 영화 '흑인 오르페'다. 흑인으로 나오는 영화 주인공이 마지막 장면에서 벤치에 앉아 죽은 애인을 그리워할 때, 벤치 가득 떨어져 있는 꽃들이 바로 백일홍이다. 그래서 백일홍은 남녀가 죽음을 사이에 두고 서로를 잊지 못하는 애틋한 사랑의 꽃이고, 그리움의 꽃인 셈이다. 성빈의 눈에 오늘따라 백일홍의 자태가 더욱 애틋하고 처연하게만 보였다.

삶이 그대를 속일지라도

성빈은 열흘 만에 돌아온 숙소에서 오랜만에 잠을 푹 잤다. 자리에서 일어나니 이제부터 뭘 어떻게 해야 할지 머릿속이 하얬다. 치약을 듬뿍 짜서 빠른 속도로 양치질을 하는데 전원을 켜놓은 휴대폰이 울렸다. 흘낏 쳐다보니 최근까지 총장이었던 이희상의 이름이 떠올랐다. 만년 재단 이사장이었던 아버지의 대를 이어 C대학의 실세 중 실세로 행세를 해왔던 인물. 이희상이 아침부터 전화를 한 것이 성빈으로선 의외였다. 그는 잠시 망설이다 수건으로 입을 닦고 휴대폰을 집어들었다.

한정식집 '락'의 안마당 잔디밭이 유난히 파랗게 보였다.

'락'은 이 지역 거물들이 들락거리는 음식점이니 늘 관리가 잘돼 있다. 한차례 비가 내린 탓에 잔디는 더욱 생기를 머금은 듯했다. 종업원의 안내로 동양화 액자가 보기 좋은 간격으로 걸려 있는 복도를 지나 내실로 들어섰다. 10분 정도 빨리 왔는데도 불구하고 이희상이 먼저 자리를 잡고 있었다. 그는 성빈을 보더니 벌떡 일어서며 두 손을 내밀었다.

"아이고, 성 교수님 오랜만입니다. 얼굴이 좋으시네요. 자, 이쪽으로."

지극히 공손한 태도다. 낮은 자세를 보임으로써 오히려 자신이 상대방보다 우위에 있음을 인식시키려는 고단수 속물들의 수법이다.

"네, 오랜만입니다. 총장님도 훤하신데요."

답례로 인사치레를 하자 이희상이 성빈의 팔을 끌며 상석인 안쪽으로 자리를 권했다.

"그동안 학교 일로 수고 많이 하셨습니다. 안 그래도 제가 한번 모시려고 했습니다만, 이번에 꽤나 마음고생하셨죠? 요즘 젊은 애들은 지들 맘에 안 들면 무조건 인터넷에 올리고, 에스앤에스다 뭐다 해서 이거 정말 문제 많아요. 일단 한번 오르고 나면 만회할 방법이 없잖아요."

음식이 나오기도 전에 이희상이 성빈의 아픈 곳을 정면으로 건드리고 나섰다. 상대방을 바로 제압하기 위한 속셈이다. 이럴 경우 반응을 보이면 그의 전략에 걸려들기 십상인걸 성빈은 이미 잘 알고 있었다.

"아, 네……."

별로 반응이 없자 이희상은 바로 분위기 전환을 시도했다.

"그건 그렇고, 이거 둘이 있는데 계속해서 존댓말 쓰려니까 많이 어색하구만. 성 교수, 우리가 알고 지낸 세월이 얼만데 우리끼리 있을 땐 그냥 말 편하게 하는 게 어때?"

그때 마침 음식이 나오기 시작했다. 점심 시간인데도 이희상은 고급 양주를 한 병 시켰고, 술잔 가득 술을 따랐다.

"자, 첫 잔은 무조건 원샷이야!"

급하게 술이 두어 순배 돌았다.

"내가 단도직입적으로 말하지. 내가 성 교수를 잘 알아서 하는 말인데, 총장을 꼭 해야 하겠나? 물론 성 교수의 인품으로 보나 실력으로 보나 그리고 지금 학내는 말할 것도 없고 지역 사회에서도 인기가 높다는 걸 내가 잘 알지. 왜 그걸 모르겠나. 그런데 성 교수 옆에서 날뛰는 놈들 진짜 성 교수 위해서 그러는 줄 아나? 다 자기들 잇속 차리려고 그러는 거라고. 내가 그놈들한테 어디 한두 번 당했어야지. 단물 다 빨아먹으면 또 어떻게 변할지 모르는 거야."

이희상은 미리 준비를 해온 듯 초장부터 속내를 얘기했다.

"……."

뭐라고 대구를 해야 할지 성빈은 상황을 좀 더 지켜보기로 했다.

"성 교수는 옛날 대학 시절부터 자유인, 자유인 아닌가. 총장 이거 별거 아냐. 요즘 대학 살림살이가 얼마나 힘든 줄 누구보다 잘 알 것 아닌가? 그냥 편하게 있으면 성 교수야 평생 자리 보장될 테고, 남들한테 존경받고, 그거보다 더 좋은 게 어디 있어! 그리고 내가 또…….."

이쯤 되면 어느 정도 상대방의 의도가 파악된 셈이었다. 성빈은 짧지만 강하게 받아쳤다.

"이런 얘기하려고 나 불러냈나?"

이희상은 기죽을 인물이 아니었다.

"C대학이 어떤 대학인가! 우리집 어른이 평생을 바쳐서 일군 학교야. 내가 맡아서 부족한 부분도 있었겠지만 지금까지 나도 나름대로 최선을 다해왔다고. 물론 시대가 변해서 내가 미처 헤아리지 못한 부분이 있었다는 거, 그래 인정하겠네. 그건 같이 의논해서 앞으로 고쳐 가면 되는 것이고. 성 교수, 안 그래?"

이희상은 비굴한 표정까지 지었고, 성빈은 역겨움을 느꼈다.

"지금 나한테 왜 그런 말을 하는 건가? 지금까지 내가 그동안 어디 한두 번 얘길 했어야지, 학교를 이런 식으로 운영하면 안 된다고. 그렇게 얘기할 땐 그럼 전부 한 귀로 흘렸단 말인가?"

이희상은 다시 한 번 그의 속내를 드러냈다.

"이것 보게. 우리 둘이 힘 합쳐서 정말 좋은 대학 한번 만들어 보자고. 성 교수가 원하는 거 다 들어줄게!"

C대학을 놓고 둘이서 야합을 해보자는 얘기였다.

"이 총장, 참 답답하네. C대학 문제가 지금 내가 마음대로 할 수 있는 상황인가? 당신은 바로 그게 문제야. 모든 걸 정치적으로 밀실에서 해결하려고 하니까 항상 문제가 더 커지는 거, 그거 아직도 못 깨닫고 있나!"

성빈의 목소리가 조금씩 높아지고 있었다.

성빈과 이희상의 인연은 꽤나 길었다. 같은 대학 같은 학번으로 대학에서 한창 데모할 때 둘은 동대문경찰서 유치장에서 우연히 만났다. 대학생 사오십 명이 한꺼번에 잡혀 와서 경찰서가 북새통을 이루고 있을 때, 이희상이 얼굴을 꼿꼿하게 들고 소리를 질러댔다.

"당신들, 내 몸에 함부로 손대지 마. 법대로 하라고! 정확하게 내가 지은 죄가 뭔지부터 밝히고, 변호사도 불러줘야지!"

사실 그날은 전경들과 크게 몸싸움한 것도 아니어서 하룻밤 유치장에서 자고 나면 모두 훈방된다는 걸 학생들 대부분은 경험으로 알고 있었다. 그래서 대부분 학생들은 묵묵히 경찰들의 형식적 요구에 따랐다. 그런데 그만 유별나게 날뛰었다.

다음 날 아침, 경찰서를 함께 나오면서 성빈은 이희상이 처음으로 데모에 참여했다는 사실을 알았다. 그가 데모를 한 것은 한번 재미 삼아서였으며, 경찰서 앞에서 최고급 외제 승용차가 그를 태워가는 모습을 보고 그의 집안이 꽤나 부자라는 사실도 알게 되었다.

그 후 성빈과 이희상은 학교 안에서 부딪히면 그저 눈인사 정도나 하는 사이였는데, 기억이 가물거릴 만큼의 세월이 흐른 후 둘은 다시 만나게 되었다. 성빈이 C대학에서 첫 학기 강의를 마쳐갈 무렵이었다. 이희상이 연구실로 찾아왔다.

"성 교수님, 내가 누군지 아시겠습니까?"

20년 가까운 세월이 지나 성빈의 기억은 어렴풋했다.

"누구시죠? 아, 그러니까……."

성빈이 기억을 되살리는 순간 이희상이 먼저 자신을 밝혔다.

"나, 이희상이야. 나도 이 대학에 있는 같은 식구지. 지금은 기획관리실장으로 있는데, 성 교수가 아직 모르는 모양이구만. 그렇지. 교수란 사람들은 자기 관심 분야가 아니면 아예 무관심이니까. 난 성 교수가 우리 학교에 부임할 때부터 잘 알고 있어. 아주 잘 알고 있지. 어쩌면 내가 성 교수를 우리 학교로 모신 공이 가장 클걸! 하하하."

가진 자의 여유 있는 몸짓. 상대방 입장에서 보면 오만방자한 태도가 이미 그의 몸에 배어 있었다.

이희상은 금테 안경을 벗어들고 흰색 테이블보로 안경알을 쓱쓱 문질렀다. 다음에 할 말을 준비하는 듯했다.

"지금 성 교수 입장이 꼭 좋은 것만도 아니지 않는가. 우리나라에서 요즘 '성'자 붙는 구설수 생기면 공직에 있는 사람들 다 쫓겨나게 돼 있다고. 아마 정추위C대학정상화 추진위원회 소속 교수들이 나서서 사태 수습을 하고 있나 본데, 그게 그렇게 간단한 게 아니에요. 그리고 이정인이란 친구를 내가 만나봤는데, 그 친구 성 교수한테 단단히 화가 나 있더라고."

이게 본론이었다. 성빈이 예감한 대로였다. 아침에 전화를 받을 때부터 이희상이 뭔가 일을 꾸미고 있다는 생각을 했다. 그래서 선뜻 약속을 했다. 그리고 성빈은 다른 사람들을 만나기 전에 이희상부터 만나보는 게 현재의 상황을 더욱 확실하게 파악할 수 있으리란 느낌이 들었다. 왜냐하면 이희상은 그에게 가장 나쁜 소식을 전해줄 인물이었고, 성빈은 주변 사람들로부터 위로의 말보다는 오히려 좋지 않은 소식부터 듣고 싶었다. 나쁜 일일수록 정면으로 부딪히자는게 그가 살아온 삶의 방식이었다.

"이 총장, 정인 군은 끌어들이지 말지."

성빈은 화가 난 표정으로 상대방 눈을 응시했다.

"무슨 소리야? 내가 왜 그 친구를 끌어들여. 아, 그 친구가 성 교수 문제를 우리 학교 홈페이지에 올려서 나도 깜짝 놀랐고, 그래서 잠깐 만나서 자초지종을 들어봤던 것뿐인데. 그런 소리 하지 마!"

이희상이 손사래를 치며 비겁한 표정까지 짓자, 성빈은 다시 한 번 이정인에 대한 자신의 의사를 분명히 했다.

"이번 건은 학교 문제와 직접 상관도 없는 일이고 내 개인적인 문제 아닌가? 물론 내 개인적인 문제라고 해도 내가 책임질 일 있으면 책임지겠지만. 그러니까 이정인 군은 그냥 놔두도록 하지."

이희상은 찬스를 잡은 듯 속삭이듯 말했다.

"그러니까 내가 이렇게 성 교수를 만나고 있는 것 아닌가. 우리끼리 얘기만 잘되면 이번 성 교수 문제도 조용히 넘어갈 것이고, 다 누이 좋고 매부 좋고 그런 거지. 그리고 애초에 성 교수 우리 학교에 불러들인 것도 다 내가 생각해서 그런 건데, 사실 그동안 섭섭했던 게 어디 한두 가진 줄 아나? 난 말이야, 그 동안 성 교수한테 할 만큼 했다고. 몇 년 전에 교무처장 맡아달라고 한 것도 나였고, 그때도 성 교수가 싫다고 해서 없던 일이 됐지만 말이야. 대학 동기동창만큼 허물없는 사이가 또 어디 있나. 이젠 내 입장도 좀 생각해 주면 안 되겠나, 응?"

성빈은 이제 더 이상의 대화는 무의미하다는 것을 직감했다.

"난 당신한테 아무 감정 없네. 대학이 이래서는 안 되겠다는 생각 때문에 어쩔 수 없이 나서게 된 거고, 딴 거 다 관두더라도 멀쩡한 학과 없애 버리고 교수들을 그렇게 무자비하게 잘라내는 법이 어디 있어? 지금 학교 꼴이 이게 뭔가. 당신은 대학을 맡을 자격이 없네!"

꽤나 격앙된 성빈의 목소리에 이희상은 조금 당황한 기색을 보이더니 이내 공격을 가했다.

"뭐라고! 성 교수, 말 다했나? 이거 이러면 나도 더 이상 가만있지는 않을 거야. 다문화가정 지원센터 간사하고 보통 사이가 아닌 것 같은데, 어디 한번 해볼 텐가!"

순간, 성빈의 머릿속에 어린 시절 이발소에서 보았던 푸시킨의 시가 떠올랐다.

삶이 그대를 속일지라도
슬퍼하거나 노하지 말라!
우울한 날들을 견디면
믿어라! 기쁨의 날이 오리니

머플러는 바람에 날리고

성빈이 C대학에 부임하고 3년쯤 지난 이른 봄 날이었다. 이정인이 군복무를 마치고 돌아왔다. 평소에 조용하던 '목련꽃 핀 날'이 꽤나 시끄러워졌다. 짧은 머리에 까무잡잡해진 그는 무척 건강해 보였다. 보기 좋은 모습이었다. 그는 군대식 거수경례로 제대 신고를 했다.

"교수님, 정말 감사합니다. 그동안 우리 은채 잘 보살펴 주셨는데, 아마 교수님 아니었으면 은채 고무신 거꾸로 신었을 거예요. 하하하. 그리고 김 사장님도 우리 은채 챙겨 주셔서 고맙습니다. 제가 이제부터 두고두고 갚겠습니다."

군복무를 마친 대한민국 청년이라면 누구라도 그렇듯 이정인은 당당했다. 특히 그는 여자 친구와의 관계가 제대할 때까지 무사히 이어진 것에 대해 감사했고 또 자랑스러워했다.

"저야 별로 한 일도 없는데요. 하여간 건강하게 제대한 거축하해요. 정인 씨는 우리집 단골인데 오늘 맥주는 무제한 서비스할게요. 자, 건배 한번 해야죠. 교수님, 한 말씀하시죠."

'목련꽃 핀 날' 사장 김명진이 활짝 웃는 얼굴로 진심 어린축하의 인사를 건넸고, 성빈 또한 두 젊은이의 모습이 보기좋았다.

"아, 그럴까. 정인이 제대한 거 축하하고, 은채도 축하해.내가 처음 이곳에 와서 낯설어할 때 정인이하고 은채가 나한테 길 안내도 해주고, 또 학교 돌아가는 상황도 많이 알려주고 했었는데 이제 세월이 꽤나 흘렀네. 자, 모두 축하해.이제 곧 목련꽃도 활짝 필 텐데 요즘 김 사장 얼굴도 활짝핀 듯하고, 무엇보다 정인이 제대 다시 한 번 축하해. 자, 건배!"

술이 몇 잔 돌고 모두가 즐거운 모습인데 유독 정은채가말이 없었다. 김 사장이 특별 안주라며 레몬 한 접시를 들고나와 분위기를 띄웠다.

"자, 은채 씨 좋아하는 레몬이야. 사랑하는 사람도 이제 돌아왔는데 어째 은채 씨가 별로 말이 없네. 표정 관리하는 건가. 난 정말 부러워. 잘생긴 애인 돌아왔지, 거기다가 석사 논문도 끝냈지. 이제 박사 과정 들어가면 우리 은채 씨 공부하느라 얼굴 보는 것도 힘들어지는 거 아냐?"

"아니에요. 박사는 무슨……. 공부는 이 정도에서 끝내야죠. 원래 제 전공도 아닌데……."

정은채가 말끝을 흐렸다.

"아니, 그게 무슨 소리야? 성 교수님도 원래 영문학이셨는데 사회학으로 전공 바꿔서 교수님 되신 거잖아요. 성 교수님, 맞죠?"

김명진이 정은채를 걱정하듯 바라보다가 성빈에게 눈길을 돌렸다.

"그렇긴 하지. 그런데 은채가 공부 그만하겠다는 건 나도 처음 듣는 얘긴데……."

성빈도 의아한 반응을 보이자 모두들 그녀의 얼굴을 쳐다보았다.

"그런 생각한 지 오래됐어요. 이제, 제 얘긴 그만 하시고요. 오늘 주인공은 정인인데……."

화제가 자신에게 집중되는 게 부담스러워 그녀는 말을 돌렸다. 김명진이 자연스레 화제를 바꾸었다.

"정인 씨는 이제 뭐 하실 건가요?"

"일단 좀 쉬면서 천천히 생각해야죠. 무엇보다 실컷 여행을 하고 싶어요. 교수님, 은채랑 여행 가도 되죠?"

이정인은 모든 게 마냥 즐거운 듯했다. 순간, 성빈의 마음 한편에선 이제 정은채를 가까이에서 볼 수 없게 되는 걸까, 하는 일말의 불안감이 스쳐 지나갔다. 하지만 본능적으로 그는 얼른 그런 느낌을 떨쳐냈다.

"당연하지. 내가 허락할 자격이 있는지는 모르겠지만, 이제 두 사람 모두 어엿한 성인인데 여행 다닐 자격 충분히 있지. 자, 두 젊은 청춘을 위하여!"

이정인이 제대한 후 정은채는 평소와 다르게 얼굴 표정이 밝지 않았다. 무슨 걱정거리가 있는 듯했다. 주변에선 그녀가 석사 마치면 당연히 박사 과정에 들어가리라 생각했는데, 공부를 그만두겠다는 것도 왠지 석연치 않았다.

성빈은 개학을 앞두고 으레 그랬듯 분주했다. 더군다나 일거리가 하나 더 생겼다. 대학본부에서는 C시와 업무협약을 맺고 C시에 점차 늘어나고 있는 외국인 노동자들과 다문화 가정을 위한 프로젝트 개발을 하고 있었다. 관련 학과장 업무협의 결과 사회학과가 이 프로젝트를 맡기로 했고, 사회학과에서는 여러 차례 회의 끝에 이 일의 책임을 성빈에게 맡겼다.

봄 학기 개강을 앞두고 대학은 꿈틀거렸다. 캠퍼스엔 개나리, 진달래 꽃망울이 하나둘 맺히기 시작했다. 개강 때면 늘 그렇듯 물씬 새 기운이 넘쳐났다. 입학을 앞둔 새내기들이 삼삼오오 짝을 지어 캠퍼스 곳곳을 누비고 다녔다. 웃음꽃이 피어났다. 대학 중앙로를 따라 각종 특별강좌를 안내하는 플래카드가 펄럭거렸고, 건물 벽면 곳곳엔 새내기 동아리 회원을 모집하는 재기발랄한 포스터들이 눈길을 끌었다.

성빈이 다문화가정 프로젝트 회의로 시청을 다녀오는데 사회과학대학 앞으로 정은채가 걸어가는 모습이 눈에 띄었다. 오랜만에 그녀를 보는 듯했다. 회색 니트 원피스에 갈색 카디건을 입고 목에는 연두색 머플러를 곱게 둘렀다. 바람결에 머플러가 살짝 날렸다. 봄 햇살에 그녀의 자태가 눈부셨다. C대학에 내려온 이후 그에게 늘 생활의 활력소가 되어준 그녀였다.

불문학과에 다녔던 그녀가 대학졸업을 앞두고 느닷없이 사회학 공부를 하고 싶다고 했을 때, 성빈은 그 이유가 궁금했지만 막상 물어보지는 않았다. 그녀가 사회학으로 전공을 바꿔 대학원 진학을 하고, 계속해서 그의 주변에 머물러 있다는 것만으로 그에겐 큰 기쁨이었다. 외로울 수밖에 없었던 그에게 그녀는 마치 하늘의 선물과도 같은 존재였다.

"은채!"

"아, 교수님."

그녀는 눈길도 마주치지 않은 채 작은 목소리로 대답을 했다.

"무슨 일 있는 건 아니지?"

"……."

눈길을 땅으로 떨어뜨린 채 그녀는 별 말이 없었다.

"이제 대학원도 졸업이네."

성빈은 대화를 계속 이어가고 싶었다.

"네."

그녀는 짧은 대답을 할 뿐이었다.

"연구실 가서 차 한 잔 할까?"

"……네."

교수 연구실의 난방용 라디에이터는 무척 차가웠다. 3월이 가까워지면서 캠퍼스에 봄이 오긴 했지만 난방을 하지 않는 연구실은 오히려 더 추웠다. 정은채가 사다 놓은 화병 속 튤립과 안개꽃이 아직 생기가 남아 있었다. 성빈은 서둘러 이동식 전열기를 찾아 버튼을 누르고 커피포트에 물을 끓였다. 그녀가 커튼을 젖히자 봄 햇살이 방안으로 쏟아져 들어왔다.

성빈이 그녀가 밥보다 더 좋아하는 아라비카 커피를 타면서 조심스레 물었다.

"무슨 걱정거리라도 있어? 나도 요즘 바빠서 은채 얼굴 못 봤는데……, 공부하기가 힘들어서 그런가? 박사 과정 안 들어가면, 그럼 다른 계획은 있는 거고?"

"그런 건 아니에요."

그는 그녀의 속내를 좀 더 알기를 원했다.

"그럼, 이왕 어렵게 시작한 거 끝까지 가봐야지. 혹시 유학가려고?"

"교수님, 유학은 무슨……."

역시 대답이 부실하다.

"그래, 하기야 요즘 어렵게 공부해서 학위 따봐야 대학에 자리가 보장되는 것도 아니고, 진로가 불투명하긴 하지."

"교수님, 혹시 오늘 저녁에 시간 되시면 저 술 한잔 사주실래요?"

그녀가 의외의 제안을 했다.

"그럼, 이따 목련꽃에서 볼까?"

"오늘은 다른 곳에서……."

그녀는 분명 무슨 할 얘기가 있는 듯했다.

해가 막 저물어갈 무렵, 성빈은 서둘러서 정은채가 알려준 시립미술관 옆 골목의 아담한 레스토랑에 도착했다. 요즘 이 지역 출신으로 프랑스에서 활동하고 있는 서양화가 귀국 전이 열리는 중이어서 미술관 앞이 평소와 달리 붐비고 있었다. 3층 대리석 건물 정면에 이번 전시의 대표작으로 보이는 보리밭 풍경이 그려진 대형 걸개그림이 바람에 출렁대고 있었다. 싱그러운 연두색 보리밭이 일렁이는 듯했다. 무슨 일일까. 학교 밖이라면 으레 '목련꽃 핀 날'에서 서로 얼굴을 봤는데, 무슨 특별한 할 말이 있는 것일까.

"교수님, 여기예요!"

레스토랑 문을 열고 들어서자 구석 자리에 앉았던 그녀가 손을 흔들었다.

"응. 그래. 일찍 왔네."

그가 그녀의 앞자리에 앉았다.

"여기는요. 기본적으로 파스타가 맛있고요. 마실 건 이 집 하우스 와인도 괜찮긴 한데, 요즘 새로 나온 칠레산 와인이 값도 싸고 맛있는 것 같아요."

메뉴판을 보지도 않은 채 그녀가 그를 바라보며 메뉴를 설명했다. 낮보다 기분이 좋아진 듯했다.

"그래? 그럼 은채가 알아서 내 것까지 같이 주문해 줘."

오랫동안 본 사이지만 둘이 마주앉아 식사하는 건 무척 오랜만이었다. 정은채는 대학원에 진학한 후 무조건 조교로 써달라고 졸랐었다. 그때까지만 해도 그녀는 마냥 어리게만 보였었는데, 이제 어느덧 대학원 졸업을 앞둔 성장한 숙녀의 모습으로 그의 앞에 앉아 있었다. 아까 낮에 보았을 때와 달리 까만색 원피스를 입었고, 가슴 라인이 꽤나 깊이 파여 있었다. 평소보다 입술 화장도 짙게 한 듯했다. 그사이에 집에 다녀온 모양이다.

"교수님, 제가 드릴 말씀이 있는데요."

그녀가 입을 열었다.

"그래, 무슨?"

그녀의 가슴 라인이 자꾸 그의 눈에 들어왔다.

"이런 얘기 제가 해도 될지 모르겠는데요……."

다시 뜸을 들이는 걸 보면 꽤나 말하기 어려운 얘기인 듯했다. 성빈은 그녀가 마음 편히 얘기할 수 있도록 배려했다.

"은채답지 않게 왜 그러나. 조교는 교수의 일거수일투족을 다 알아야 하고, 또 교수는 연구 활동 외에는 다 조교가 하라는 대로 해야 한다는 게 누구였는데?"

그녀의 표정이 한결 풀리는 듯했다.

"제가 그랬나요? 그럼 지금 제가 하는 얘기도 잘 들어주셔야 해요."

"물론이지."

그녀는 와인 한 모금을 마셨다. 그리고 마음속 감춰두었던 한마디를 어렵게 꺼냈다.

"교수님, 목련꽃 김 사장님 좋아하세요?"

두 눈을 똑바로 응시한 채 툭 던지는 그녀의 한마디는 의외였다. 그는 잠시 할 말을 잃어버렸다. 도발적으로 느껴졌다. 성빈이 카페 김 사장을 좋아하고 아니고의 문제가 아니었다. 제자인 그녀가 "교수님을 좋아해요!"라고 선언하는 듯했다.

그가 하는 말

성빈은 미술관 옆 레스토랑에서 은채와 헤어진 후 숙소로 돌아가던 중 순간적으로 차를 돌렸다. 고속도로로 이어지는 플라타너스 길로 들어섰다. 마치 터널을 빠져나오듯 플라타너스 가로수 길을 지났다. 그의 머릿속에 자꾸 은채의 말이 생각났다. 정인과도 그만 만나겠다니, 그건 또 무슨 의미인가. 두 사람의 관계를 누구보다 잘 알고 있는데 이제 와서 그만 만나겠다면 정인은 또 어떻게 될 것인가. 성빈은 그녀와 헤어질 무렵 은채를 알게 된 후 처음으로 언성을 높였던 게 계속 마음에 걸렸다. 정인을 그만 만나겠다면 우리 모두 그만 보자고 했는데, 그 말이 조금씩 후회로 밀려들었다. 혹시 상처가 되진 않았을까.

C대학으로 내려온 후 성빈은 스스로가 대견했다. 새로운 환경임에도 불구하고 그는 대체로 적응을 잘했다. 교수들과의 관계도 원만했고, 학생들과도 잘 지냈다. 비좁긴 해도 햇빛이 잘 드는 연구실이 마음에 들었고, 사회과학대 뒤편으로 나 있는 산책길도 마음을 평화롭게 해주었다. 그가 전에 있었던 대학과 비교하면 교수 수가 적은 편이어서 강의 수가 늘어나긴 했지만 크게 문제될 건 없었다. 혼자 사는 것에도 제법 적응력이 생겼다. 그런데 조금 전 정은채와의 대화에서 그는 분명 흔들리고 있는 자신을 발견했다. 그건 결코 예상치 못한 일이었다. 그리고 있어서도 안 되는 일이었다. 성빈은 그의 마음속 깊은 곳에 정은채란 존재가 자신도 모르게 자리 잡고 있음을 깨달았다.

성빈은 차가 집으로 향하고 있음을 알아차렸다. 정은채와의 예기치 않았던 상황이 본능적으로 아내와의 관계회복을 촉구한 것인지 생각할 겨를도 없이 어느덧 서울 톨 게이트가 눈앞에 펼쳐졌다. 게이트를 향해 몰려드는 자동차 뒤꽁무니의 빨간 불빛들이 허공에서 춤을 추고 있었다. 늦은 시간이어서 그런지 교통 흐름이 막힘이 없었다. 그가 집에 도착한 시각은 밤 12시가 넘어서였다.

"오랜만이네……."

성빈이 현관문을 들어서자 시큰둥한 표정으로 서영교가 한마디를 건넸다.

아이들은 제 방에서 자는 듯했다. 두 사람은 지난해 성빈의 어머니 추도식 이후 여섯 달 만에 대면한 셈이었다. 화장을 지운 아내의 얼굴에서 세월의 흔적이 느껴졌다. 문득 성빈의 가슴 한편에서 연민의 정이 꿈틀댔다. 어디서부터 해결의 실마리를 찾아야 할 것인가.

"미안해. 연락도 없이 밤늦게……. 괜찮으면 얘기 좀 하지."

서영교가 관심 없다는 듯 대답했다.

"무슨 얘기를……."

그러자 그는 그녀를 바라보며 직설적으로 말했다.

"당신은 이런 식으로 사는 게 아무렇지도 않아?"

서영교는 팔짱을 낀 채 덤덤한 표정으로 대꾸했다.

"뭐가 어때서."

"이건 가족으로 사는 게 아니잖아."

두 사람의 목소리가 조금씩 높아지고 있었다.

"그게 내 잘못이란 말이야?"

"당신 잘못이란 말이 아니라, 지금 이런 식으로 사는 건 아니란 얘기잖아. 서로 얼굴 보기도 힘드니까 일단 자리에 좀 앉지."

"그럴 필요 없어."

서영교는 남편을 거실에 남긴 채 침실 쪽으로 몸을 돌렸다. 싸늘하게 돌아서는 아내의 얼굴을 바라보며 성빈의 가슴이 먹먹하게 젖어왔다.

"우리가 어디부터 잘못된 건지 난 잘 모르겠어. 하지만 이건 아니야. 도저히 말이 안 돼. 이런 현실을 난 받아들일 수가 없어."

"당신의 문제는 바로 그거야. 우리가 왜 이렇게 됐느냐는 중요한 게 아니지. 당신은 그냥 이 현실을 받아들이기가 싫은 것뿐이야. 그게 바로 우리 문제의 본질이기도 하고."

성빈은 아내의 대답을 이해하기도 또 받아들이기도 힘들었다.

"그래, 그럼 얘기해 봐. 우리 문제가 도대체 뭐지? 내가 뭘 그렇게 잘못했지?"

"그만둬, 얘기하고 싶지 않아. 내 자존심만 상할 뿐이야. 그만해."

오랜만에 만난 두 사람은 감정의 간극만 확인할 뿐이었다. 어디부터 잘못된 것이고, 무엇이 이렇게 두 사람의 대화마저 불가능하게 만들어 놓은 것인가.

대학을 졸업한 후 성빈은 영문학에서 사회학으로 전공을 바꿔 대학원에 진학을 했다. 꼭 공부를 해야겠다는 건 아니었지만 취직을 하는 건 왠지 그의 길이 아닌 듯했다. 장학금을 받기 전까지 그의 형으로부터 두 번의 등록금 지원을 받아 몹시 자존심이 상했지만, 당시의 그로서는 별다른 선택의 길이 없었다. 서영교는 취직을 했다. M방송사 시험을 봤는데 덜컥 합격을 한 것이다. 뭔가 신선해 보이는 피디란 직종이 마음에 들었다. 그리고 두 사람은 성빈이 석사논문을 끝내던 해에 당연한 듯 결혼을 했다.

행복한 결혼생활이었다. 서영교 혼자 벌어 경제적으로 빠듯했지만, 두 사람에게 그건 아무런 문제도 되지 않았다. 서울 인근 도시의 스무 평 남짓한 전세 아파트에서 1시간이 넘게 버스를 타고 출퇴근을 해도 이들은 결코 궁핍함을 느끼지 못했다. 어쩌다 시간을 맞춰 같이 집에 들어올 때, 포장마차에서 사 먹는 호떡은 그야말로 꿀맛이었다. 입가에 묻은 호떡 자국을 서로 손으로 닦아주며 깔깔대기도 했다. 두 사람이 대충 저녁을 끝내고 조그마한 오디오세트에서 흘러나오는 음악을 들으며 이 순간이야말로 이 세상 그 무엇과도 바꿀 수 없다고 생각했다. 진작 이렇게 같이 살 걸 무엇 때문에 길 가는 사람들 눈치 보며 으슥한 모텔을 기웃거렸을까. 사랑하는 사람과는 이래서 같이 살아야 하는 거야. 아파트 창문을 열어놓고 하나둘 늘어가는 다른 집의 불빛들을 바라보면서 두 사람은 세상의 다른 부부들도 우리처럼 행복할까, 의기양양한 표정을 짓기도 했었다. 서영교가 성빈의 발등 위에 올라타고 둘은 스텝을 밟으며 입맞춤을 했다.

성빈이 박사논문을 통과하던 해에 첫딸 현이 태어났다. 세상에서 가장 소중한 선물을 하늘로부터 받은 느낌이었다. 사랑이 눈에 보이는 결실로 아내 서영교의 품안에 안겨 있었다. 남녀 간에 느끼는 사랑의 느낌과는 전혀 다른 삶의 새로운 기쁨. 딸은 그렇게 이들 가정에 축복으로 다가왔다. 그리고 두 사람이 그 기쁨을 채 만끽하기도 전에 예상치 않은 임신으로 이듬해 아들 진이 태어났다. 연년생으로 아이가 둘이 되자 이들은 처갓집에 아이들을 맡기기 위해 서울로 이사를 했다. 그리고 성빈은 전국을 돌며 시간강사, 일명

'보따리 장사'를 했다. 생활비 일부라도 보태기 위해 체력이 딸릴 정도로 강의 시간을 맡았다. 정신없이 바쁜 생활의 연속이었다. 둘이 식탁에 마주앉아 밥을 먹는 횟수도 손가락으로 꼽을 정도가 됐다. 그래도 성빈은 행복했다. 아이들 커가는 모습이 너무도 가슴 벅차고 소중했다.

아내 서영교는 씩씩했다. 서영교는 연륜이 쌓이면서 빠르게 현실적인 모습으로 변해갔다. 친정에서 아이들을 봐주긴 했지만 아이들 키우면서 직장 일도 큰 무리 없이 해냈다. 맡은 프로그램의 시청률이 올라가면 그녀는 세상 모든 걸 얻은 듯 날뛰며 기뻐했다. 시청률을 걸고 다른 피디, 다른 프로그램과 전쟁을 하는 승부사의 모습이었다. 둘이 집에서 어쩌다 얘기를 나눌 때면 서영교는 직장 상사와 동료들 흉을 보기도 했다. 때로 남자들의 비굴한 처신에 대해 흥분하는 모습을 보이기도 했다.

"남자들은 다들 왜 그 모양이야? 높은 사람들 앞에서는 꼼짝도 못하다가 뒤에서 비실대며 욕이나 해대고."

"남자들은 정말 웃기는 인간들이야. 죽어라 남이 해놓은 일 가로채는 건 예사고, 그저 지 얼굴 내세우지 못해서 안달들이고."

서영교는 점차 전투적인 모습으로 변해갔다. 특히, 남자들에 대한 반감은 이스트 넣은 빵이 부풀어오르듯 점점 커졌다. 가부장적 사회구조에서 여자가 세상을 살아가는 모습이 다 그럴 것이라고 생각하며, 성빈은 아내의 변화된 모습을 대수롭지 않게 여겼다.

성빈이 보따리 장사를 시작한 지 3년이 지난 후, 그는 마침내 수도권의 S대학 전임으로 부임했다. 산 하나를 넘어선 셈이었다. 그리고 행운의 여신이 미소를 보낸 듯 또 다른 3년이 지난 후 그는 꿈에도 그리던 모교 K대학의 교수로 부름을 받았다. 그는 마치 큰 산맥을 정복한 것만 같았다. 그는 하늘의 축복을 받았다고 생각했고, 세상 모든 사람들이 그를 부러워한다고 생각했다.

하지만 인생이란 생각하는 대로 이루어지는 건 결코 아니었다. K대학 교수가 되고 이제 모든 걸 이루었다고 느꼈을 때, 예상치 못한 장벽이 그를 막아섰다. 아내 서영교와의 관계가 삐꺽대기 시작했다. 성빈의 입장에선 마치 날벼락을 맞은 듯했다. 겉으로 보기에 둘 사이엔 아무런 문제가 없었다. 그러나 어느 날 사소한 말다툼으로 각방을 쓰게 됐고, 아무런 예고편도 없이 이들 부부의 단절은 시작되었다.

그리고 그 어두운 터널은 끝이 어딘지 모르게 이어졌던 것이다.

성빈이 침실 쪽으로 발걸음을 옮기는 아내를 막아섰다. 아내 서영교의 눈을 똑바로 응시하면서 그는 가슴속에 묻어두었던 말들을 쏟아내기 시작했다.

"오늘은 꼭 얘기를 해야겠어. 그래, 당신 지금까지 어렵게 살아왔다는 거 충분히 알아. 현이 진이 연년생으로 낳았고, 방송국 일 때문에 애 둘 낳고도 충분히 쉬지도 못했고, 남편이란 인간은 공부한답시고 집안일 어떻게 돌아가는지도 모르고 전국으로 돌아다녔으니까. 살림살이, 경제적인 문제, 아이들 키우는 것까지 모두 당신이 책임졌고 무척 어려웠던 거 잘 알아. 하지만 다 당신이 동의했던 일이잖아. 나도 지금까지 살아오는 거 그렇게 쉽지만은 않았어. 성질 더러운 교수들 밑에서 온갖 잡일 다해 가면서 조교로 일했고, 강의 1시간에 몇 만 원 받아가며 보따리 장사하는 거, 그거 그렇게 쉬운 일 아니었어. 난 이런 거 당신이 다 알고 있고, 또 나를 이해하고 있다고 생각했다고. 그런데 지금 이게 뭐야? 난 벌써 몇 년째 지방에서 혼자 살아가고 있어. 도대체 왜 무엇 때문에 우리가 이렇게 살아야 하는 거지? 차라리 나한테 무슨 문제가 있다고 속 시원히 얘기를 해줘. 그럼 지금처럼 이렇게 마음이 답답하진 않을 거라고!"

숨이 차올랐지만 마치 마지막이라도 되듯 성빈은 재빠르게 말을 이어갔다.

"내가 K대학 교수 됐을 때 당신 나보다 더 기뻐했잖아. 난 모든 게 잘돼 가는 줄만 알았어. 그런데 이게 뭐야! 오죽하면 서로가 떨어져 있으면 조금이라도 나아질 줄 알고 내가 K대학 교수까지 포기하고 C대학으로 내려간 게 벌써 3년이야. 하지만 지금까지 우린 아무 것도 변한 게 없어. 오히려 더 나빠졌을 뿐이잖아. 작년 어머니 추도식 때도 큰집 갔다 와서 얘기 좀 하자니까 당신은 내 얼굴 쳐다보지도 않았어. 이렇게 사는 건 가족이 아니야! 당신도 나도 최선을 다해 살아왔는데, 도대체 뭐가 문제냐고!"

성빈은 절규했고, 그런 남편의 모습을 서영교는 물끄러미 바라보고 있었다. 창밖의 짙은 어둠 만큼이나 두 사람 사이엔 높이를 알 수 없을 만큼의 큰 장벽이 가로막혀 있었다.

그녀가 하는 말

서영교는 남편의 얼굴에서 분노와 원망과 절망 그리고 애절함을 느꼈다. 붉게 달아오른 얼굴이 그의 심정을 대변하고 있었다. 이젠 그녀도 말을 해야 할 때가 된 듯했다. 어쩌면 말로 다 설명할 수는 없다고 해도 자신의 마음속을 보여줘야 할 것 같았다. 서영교는 마주 선 성빈의 얼굴을 바라보았다. 문득 와인이라도 한잔 마시고 싶은 생각이 간절했지만 꾹 참기로 했다.

"그래, 틀린 얘기 아니야. 지금 얘기한 거 당신 입장에선 다 맞는 얘기일거야. 하지만 당신은 문제를 엉뚱한 데서 찾고 있기 때문에 진짜 우리 문제를 보지 못하는 거지. 그래, 얘기해 줄게. 말을 한다는 게 참 구차한 일이긴 하지만……."

거실 벽에 걸린 반달 모양 시계의 시계추 흔들리는 모습이 그 어느 때보다 선명하게 그녀의 눈에 들어왔다. 좌우로 정확한 간격으로 움직이고 있었다. 저렇게 시간이 흘러간다는 게 어떤 의미가 있을까. 오래 전 삼청동 골목길에서 남편과 함께 산책하다 동시에 두 사람의 눈에 띄어서 사온 그 반달 시계는 변함없이 제자리를 지키고 있었다. 그와 그녀는 취향까지 서로 닮아 있었고, 그래서 주위의 모든 사람들이 부러워하지 않았던가.

"당신 입장에서 보면 당신은 참 잘 살았다고 생각할 거야. 그래, 최선을 다해 살아왔지. 공부하는 거 어렵게 끝냈고, 교수들 비위 맞추며 강의 시간 얻어낸 것도 잘 알아. 그 어려운 전임자리 들어갔고, 오매불망하던 K대학 교수까지 경력에 올렸으니까 이룰 만큼 이루었다고 할 수 있겠지. 지금은 당신 스스로 K대학 포기하고 지방으로 내려갔지만 말이야. 그런데, 지금까지 살아온 거 모두 다 당신을 위해 그랬던 거잖아. 당신이 좋아서 한 일이고, 당신의 성취 욕구를 위해서 했던 일이잖아. 우리가 결혼한 후 내가 걸어왔던 현실, 내가 겪어야만 했던 고통에 대해서 당신이 언제 한번 진지하게 관심 갖고 생각해본 적 있어? 당신은 당신 하는 일만 가치 있는 일로 여겼고, 나를 포함한 주변의 다른 것에는 조금도 관심이 없었어. 지금까지 당신은 자신의 앞만 보고 달려왔던 거고, 나를 포함해서 옆에 있는 다른 사람들은 그냥 그걸 인정해 주기만을 바랐지. 나는 그런 당신의 모습을 그냥 바라볼 수밖에 없었어. 난 하루하루 부딪치는 온갖 현실을 혼자 살아가는 느낌으로 버텨내야만 했는데, 당신은 나한테 무관심한 채 손 한 번 내밀지 않았던 거야. 그리고 어느 순간 나를 돌아보니까 정말 내가 이루고 싶었던 나의 모습, 나의 삶은 어디론가 다 사라져버리고 말았어. 나도 모르게 내가 원하지 않는 사람으로 변해 있었던 거지. 그래서 그걸 깨닫는 순간 더 이상 바보 같은 짓은 그만두기로 하자, 그렇게 결심했던 것뿐이야."

서영교의 감정이 조금씩 격앙되고 있었다.

"우린 사랑해서 결혼했어. 오랫동안 사랑했지. 당신은 사랑이 뭐라고 생각해? 난 사랑이란 상대방이 느끼는 기쁨, 슬픔, 분노, 괴로움 그리고 외로움까지도 같이 공유할 수 있어야 그게 사랑이라고 생각해. 옛날엔 그랬어. 옛날엔 우리가 그랬다고! 그런데 당신은 언제부턴가 당신에게만 몰두하기 시작했어. 오로지 자신의 목표만을 향해서 달려갔고, 그 목표를 성취하는 데에만 관심이 있을 뿐이었지. 난 그냥 당신 인생에 조연이었고, 들러리로만 살아야만 했어. 내가 힘들고 외로움을 느낄 때에도 난 감히 그런 말을 당신한테 할 수가 없었어. 당신에게선 이미 나에 대한 관심은 찾아볼 수 없었고, 우린 그냥 거리의 낯선 사람들처럼 서로에게 무의미한 존재로 살아왔던 거라고!”

“여보…….”

“내 얘기 듣고 싶다고 했으니까 계속 들어줘.”

서영교는 남편에게 틈을 주지 않았다. 그가 무슨 말을 할지 다 알고 있다는 듯. 그리고 오랫동안 가슴에 간직했던 그녀의 얘기를 독백처럼 해나갔다.

“현이 진이 연년생으로 낳았을 때 정말 많이 힘들었어. 일을 멈추고 싶지 않아서 장기휴가도 내지 않고 겨우 출산휴가 두 달 달랑 쓰고 방송국으로 달려갈 수밖에 없었지. 엄마가 애들 봐주고 파출부가 도와줬지만 연년생 키우는 거 정말 쉽지 않았고, 밤새 애들 땜에 한숨도 못 자고 회사 출근할 때도 많았어. 애들 어렸을 때 특히 진이 병원 신세 많이 졌는데, 당신 진이 병원에 몇 번이나 데려갔어? 애들 학교 다니면서 당신은 애들 저절로 다 큰다고 했지. 내가 방송국 일로 정신없을 때에도 학부모 모임 꼬박꼬박 참석하니까, 당신 나한테 뭐라고 말한 줄 알아? 왜 그렇게 극성이냐고 그렇게 말했어."

서영교는 과거의 아픈 기억이 고스란히 되살아나는 듯 얼굴이 붉게 상기되었다. 그리고 그런 자신의 감정을 애써 추스르며 말을 이어나갔다.

"당신은 칭찬해 주듯이 나더러 씩씩하다고 말했지. 그래, 구질구질하게 보이기 싫어서 어쩜 씩씩한 척하면서 살아왔는지도 몰라. 당신은 몰랐겠지만 난 당신이 나보고 씩씩하다고 말하는 거 정말 듣기 싫었어. 사실은 무척 힘들었거든. 하지만 난 당신한테 힘들다고 말하는 것도 쉽지 않았어. 그렇게 말하면 마치 내가 돈 버는 거 공치사하는 것 같아서 그냥 나 혼자 끙끙대며 살아야 했어. 당신이 힘들다는 것도 알고 있었고, 자존심 강한 당신이 상처 받는 것도 싫었으니까. 그런데 말이야. 당신이란 사람은 내 어려움, 내 고통, 때로는 내 우울함도 전혀 알지 못했어. 아니, 알려고도 하지 않았어. 당신은 이미 오랫동안 나한테 관심이 없었으니까. 난 그게 너무 가슴 아팠고 견디기 힘들었어. 이게 바로 당신의 문제야. 내가 오랫동안 당신 곁에서 혼자 아파했던 이유이 기도 하고."

성빈은 아내의 삶에 이렇게도 많은 굴곡과 아픈 상처들이 점철돼 있는지 결코 알지 못했다. 아니, 짐작조차 하지 못했다.

"여보, 왜 이제야 그걸……."

"그래, 처음부터 내가 이런 얘기 하지 않은 거 내 잘못이라고 인정해. 하지만 만약 내가 당신한테 섭섭한 거 그때그때 얘기했으면, 아마 우린 또 다른 차원에서 서로 갈등하고 괴로워했을 거야."

"당신 너무 잔인해. 그렇게 괴롭고 힘들었으면 최소한 귀띔이라도 해줘야 하는 거 아니야?"

남편이 절규하듯 외치자 서영교는 또 다른 보따리를 풀어냈다.

"그랬으면 뭐가 좀 달라졌을까? 난 그렇게 생각 안 해. 당신은 내가 프로그램 취재하고 편집하고 사람들 만나서 죽어라 일하고 늦게 들어오면 뭐라고 그랬는줄 알아? 무슨 일을 그렇게 목숨 바쳐 가면서 하냐고 그랬어. 그런 당신은 공부하는 일 목숨 바치듯 해왔으면서, 내가 하는 일은 별로 중요하지 않다는 듯 그렇게 말했단 말이야!"

아내의 말이 비수처럼 성빈의 가슴속을 파고들었다.

"내가 만드는 프로그램은 내 분신이야. 내 생명과도 같은 거라고. 그런데 당신은 그걸 하찮게 생각했어. 당신이 하는 일만 소중하고 가치 있는 것처럼. 난 당신에게 뭐야? 어떤 의미가 있는 거냐고! 난 방송국에서 프로그램 하려면 셀 수 없을 만큼 많은 사람들을 만나야 하고, 또 수많은 동료들과 같이 일해야만 해. 하지만 난 이미 오래전부터 외롭게 살아야만 했어. 왜냐하면 당신은 껍데기밖에 없었으니까. 때로 당신을 간절한 마음으로 바라봤지만 결과적으로 난 늘 혼자였어. 그래, 겉으론 강한 척했지만 사실은 너무 외롭고 힘들었어. 너무 외로워서 죽을 것만 같았다고!"

"……."

성빈은 더 이상 아무 말도 할 수 없었다. 너무 외로워서 죽을 것만 같았다는 아내의 폭탄선언과도 같은 말에 대꾸할 최소한의 기력마저 상실하고 말았다. 키에르 케고르는 죽음에 이르는 병을 절망이라고 했지만, 인간이 절망을 인지하는 건 스스로 외로움을 느낄 때임을 그는 잘 알고 있었다.

성빈이 대학을 다니면서부터 세상 사람들로부터 숱한 절

망의 순간들을 느끼며 살아왔지만, 그 절망감을 이겨낼 수 있었던 건 그의 곁에 서영교가 있었기 때문이었다. 서영교를 통해 외로움을 극복할 수 있었기 때문이었다. 삶이 가장 고통스럽고 힘들었을 때 함께 걸어왔고 함께 위로하고 사랑하며 살아왔다고 여겼는데, 연인처럼 동지처럼 생각했던 그녀로부터 너무 외롭고 힘들었다는 말을 듣는 순간, 그는 그냥 아득해질 수밖에 없었다.

이렇게 골이 깊게 파였는데도 그는 아무 것도 알지 못했다. 아내는 이미 오랜 세월 혼자였는데 그녀 곁에 있었던 그의 존재는 껍데기일 뿐이었다. 뭐라고 말을 해야 좋을지 그냥 망연자실할 뿐, 그는 아내의 얼굴을 멍하니 바라보고만 있었다.

그런데 그 순간, 성빈에게 가슴속에 묻었던 말들을 다 쏟아냈지만 서영교의 마음 또한 꼭 후련할 수만은 없었다. 그녀의 마음속 깊은 곳에 감춰져 있던 한줄기 어두운 그림자가 그녀의 눈앞을 스쳐갔다. 결혼한 후 처음으로 남편과 각방을 쓴 날, 그 날의 그 일이 마음속 깊은 곳에 똬리를 틀고 있다가 불쑥 튀어나왔다. 마치 오래전 비밀을 간직한 채 깊은 호수에 빠진 자동차가 어느 날 갑자기 수면 위로 떠오르듯 말이다.

남편과의 말다툼으로 결혼 후 처음으로 각방에서 잠을 잤던 그날 밤, 서영교는 서재로 쓰는 방에서 꼬박 뜬눈으로 밤을 지새웠다. 다음 날 해가 밝자 얼굴에 찬물을 끼얹었고 허둥지둥 차를 몰고 방송사에 도착했다. 눈이 퉁퉁 부어오른 채 서영교가 사무실 문을 열고 들어서자, 후배인 김 피디가 능글맞게 말을 걸었다.

"서 선배, 화장이라도 좀 하고 나오지. 얼굴이 그게 뭐요?"

세상이 무너져도 방송국에 나오기만 하면 숨어 있던 투지가 불타오르는 건 그녀의 습관이 된 듯했다.

"까불지 마. 누구 좋으라고 화장을 해. 편집실은 잡았어?"

"넵. 물론이죠. 가편집은 이미 끝냈으니까 오늘 종합 편집까지 다 끝내버리죠. 그리고 오늘 저녁 쫑파티 있는 건 아시죠?"

그랬다. 이제 정들었던 다큐 프로그램도 넘겨줘야 할 날이 되었다.

"작가들하고 카메라, 조명, 음향 스텝 들하고, 그리고 누

구 또 부를 사람 있으면 김 피디가 알아서 해. 음식점은 예약
해 뒀지?"

김 피디의 눈길을 뒤로 느끼며 서영교는 국장실로 향했
다. 국장이 일어선 채 그녀를 맞았다. 마음의 준비를 단단히
하고 있는 분위기다

"서 피디, 시원섭섭하겠다. 내가 그 맘 다 알아. 이 피디한
테 선심 한번 썼다고 생각해. 하나밖에 없는 동기잖아. 그리
고 요즘 대세는 리얼 토크프로그램이야. 주제가 있는 여행
을 하면서 출연자들끼리 찐하게 인생얘기도 하고 감동도 주
면서 또 시청자들과 소통할 수 있는 프로그램, 뭐 그런 걸 하
나 기획했으면 하는데 이걸 누가 하겠어? 이 피디 그 친구는
딱 짜여진 프로그램은 그런대로 하는데 새 프로그램 기획은
아직 어렵단 말이야."

국장 특유의 살살거리는 눈웃음에 그녀는 국장과 한판 붙
을 생각을 접었다. 다퉈 봐야 이미 정해진 수순임을 그녀는
경험으로 잘 알고 있었다.

"꼬시지 마세요. 저도 요즘 머리에 쥐 나고 있어요. 이번
일 용서해 드릴 테니까 새 프로그램 기획은 딴 사람 알아보
세요. 어제 무리해서 잠시 나갔다 올게요."

서영교는 국장 방을 서둘러 빠져나왔다.

"서 피디, 서 피디! 성질도 참……. 내일 다시 봐!"

국장의 외치는 목소리를 뒤로 하고, 서영교는 비어 있던 편집실 소파의자에서 오후 내내 비몽사몽 잠을 잤다. 해질 녘이 되어 그녀가 쫑파티가 열린 음식점 문을 열고 들어서니, 삼겹살이 불판 위에서 지글지글 익어가고 있었다. 어떨 때 정말 먹고 싶어서 그리고 또 어떨 땐 어쩔 수 없이 먹고 또 먹어야만 하는 저 지겨운 삼겹살. 돼지고기 굽는 냄새가 역겹게 느껴졌다.

매일 사무실과 현장에서 부대끼는 스텝들 사이로 다큐에 등장했던 주인공들도 간간이 눈에 띄었다. 삼겹살 한 쌈을 입에 넣던 김 피디가 일어서며 서영교를 맞았다.

"서 선배, 이런 날 늦게 나타나시면 어떡해요? 우린 이미 몇 잔 돌았고, 후래자 삼배예요!"

어떤 프로그램이든 쫑파티를 하면 코가 비뚤어지게 마시는 게 불문율처럼 돼 있었다. 그녀는 왠지 술이 당길 것도 같았다. 그녀의 목이 칼칼했다. 김 피디가 소주와 맥주를 섞어 잔을 건넸다. 눈 딱 감고 단번에 잔을 비웠다. 밤을 뜬눈으로 지새우고 난 후 하루 종일 별로 먹은 것도 없었다. 속이

짜르르했다.

"와우! 서 선배 파이팅! 자, 박수, 박수!"

그날 서영교는 술을 많이 마셨다. 그 다음날 아침에 눈을 떠 보니 몹시 갈증이 났고, 머리가 지독하게 아팠다. 그리고 그녀가 일어난 곳은 그녀의 집이 아니었다. 처음 보는 천정 무늬가 그녀의 눈에 들어왔고, 낯선 통유리 밖으로 한강이 내려다보였다. 서영교는 벌떡 일어나 주변을 확인했다. 침대 밑으로 옷이 어지럽게 널려 있었고, 그녀의 브래지어 위로 남자 속옷이 올라가 있었다. 그러고 보니 이불 속 그녀는 알몸이고, 바로 옆에는 김 피디가 곯아떨어져 있었다.

그랬다. 전날, 김 피디를 집에 가지 못하도록 잡은 건 바로 서영교 자신이었다. 몇 년 동안 줄기차게 언제 어디서나 자기 인생의 유일한 이상형이라고 농담 반 진담 반으로 따라다녔던 교양국 후배인 김 피디에게 그녀는 진짜 하룻밤 책임져 보라고 소리를 질러댔었다. 그리고 그에게 업혀서 호텔에 들어갔고, 놔두고 그냥 가면 죽여 버리겠다고 말한 것도 어슴푸레 그녀의 기억 속에 남아 있었다.

서영교는 그때의 기억을 지우려는 듯 머리카락을 뒤로

쓸어 올렸다. 그리고 넋이 나간 듯 서 있는 남편을 바라보 았다. 둘 사이엔 서로의 가슴을 아프게 한 오랜 세월 만큼 이나 아득한 거리가 있었다. 그녀는 이미 돌아올 수 없는 강을 건너 너무 멀리 와버린 듯했다. 김 피디와의 하룻밤이 결코 당당한 건 아니었지만, 어찌 보면 그건 작은 생채기에 불과할 뿐이었다. 사랑하는 사람과는 바라보는 방향이 같 아야만 한다. 그리고 그 방향을 바라보는 눈빛, 몸짓, 호흡 그리고 느낌까지도 함께 공유할 수 있어야만 한다. 그래야 만 한다. 그런데 그녀에게 그건 이미 아주 오래 전 남의 일 로만 느껴졌다.

"그럼, 우린 앞으로 어떻게 해야 해?"

성빈이 체념한 듯 힘없는 목소리로 질문을 했다.

"뭘 어떻게 해. 그냥 이렇게 사는 거지."

서영교는 이미 오래전부터 체념하고 살아왔다는 듯 무덤 덤하게 대답했다.

인간의 본능

　　　　　　이정인이 학교게시판에 올린 성희롱 폭로 글
로 인해 성빈이 잠적한 지 열흘 만에 학교로 돌아왔다. 여름
방학 기간이었지만 C대학은 조용할 수가 없었다. 온갖 대자
보와 플래카드들이 캠퍼스 전체를 도배한 듯했다. 〈구 재단
완전퇴진〉 〈학과 통폐합 결사반대〉 〈해직교수 전원 복직하
라!〉 〈C대학정상화를 위한 촛불기도회 개최〉 〈이희상은 물
러가라!〉 등등 눈길 닿는 곳마다 검은색으로 혹은 붉은색으
로 쓴 글씨들이 소리를 지르는 듯했다.

　성빈은 교수회관 3층에 자리한 'C대학정상화 추진위원
회' 사무실로 발길을 옮겼다. 지난 몇 년간 교수 연구실보다
더 많이 드나들던 곳이다. 원래 교수휴게실이었던 곳이 학

교가 시끄러워지면서 교수들이 삼삼오오 모이다가 어느새 공식 회합장소가 되어버렸다. 그가 문을 열고 들어서니 담배 연기가 자욱했다. 열려진 창문으로 학교 뒷산의 매미 울음소리가 쏟아져 들어왔고, 미리 연락을 받고 달려온 정추위 핵심 멤버들이 성빈을 반갑게 맞았다. 교수대책위 시절부터 함께 해왔던 원로급 선배격인 이 교수가 먼저 위로의 한마디를 던졌다.

"성 교수, 이제 푹 쉬고 나오셨습니까? 호사다마라고 생각하시죠. 처음엔 우리도 이게 도대체 무슨 일인가 걱정을 좀 했습니다만, 대학본부에서도 이미 다 조사를 했고 언론에서도 처음엔 엄청 흥미를 갖고 여기저기 쑤시고 다녔는데, 별로 얘기가 안 되는 걸로 정리가 된 듯합니다."

"그 정 간사가 오히려 성 교수님 걱정이 여간 아니더라고요. 세상에, 당사자가 아니라는데. 인터넷에 글 올린 이정인이란 친구, 지금 이희상 쪽과 접촉을 하는 모양이라 그게 좀 걸리긴 합니다만……. 아니, 그날 회식 자리에 있던 모든 사람이 다 아무 문제없었다고 하는데, 이건 그냥 벌건 대낮에 한 사람 죽이자는 거랑 똑같은 거죠!"

이공대학을 대표하고 있는 최 교수가 목소리를 높였다.

"이거 말이야, 성 교수 나타나기만을 기다렸는데, 그 이 정인이란 친구 아예 명예훼손으로 걸어버리자고. 그래야 이 희상 쪽에서도 더 이상 장난치지 않을 거 아닙니까. 어때요? 성 위원장, 뭐라고 말씀을 좀 하시죠."

법대를 대표한 홍 교수가 법적인 대응 방침을 내놓았고, 이어서 정추위 임원 중 유일한 여성인 신 교수가 그간의 과 정을 정리했다.

"어쨌거나 그런 일 당한 성 교수님 마음고생 많았으리라 짐작이 되지만요, 우리도 무진 애썼어요. 신문사 기자들 쫓 아다니면서 괜히 엉뚱한 기사 나갈까 봐 일일이 설명했고 요, 인터넷에 올린 글 전부 내리느라고 대학본부 계속 들락 거리면서 여기 계신 분들 다들 고생하셨어요. 대학본부에 구 재단 쪽 사람들 많이 있잖아요. 하여간 성 교수님 다시 돌 아오셨으니까 이젠 정말 안심이에요. 전 일이 혹시 잘못되 는가 싶어서 사실 무척 걱정했거든요."

이런저런 얘기 끝에 원로급 이 교수가 좌중을 정리했다.

"자, 이제 더 이상 이러고 있을 때가 아닙니다. 이희상 쪽 에서는 이번 총장 선거 아예 안 되는 걸로 체념했다가 이번 일로 다시 자기 쪽 사람 하나 후보로 내세울 것 같은데, 이제 시간도 별로 없으니까 오늘부터 성 위원장님 총장 만들기 본격적으로 들어갑시다."

돌아가면서 한마디씩 한 후 모두 성빈의 입을 쳐다봤다. 연락도 없이 열흘 동안 잠적했던 터라 모두들 기색이 불안해 보였다. 총장 후보자 등록기간 20일 중 벌써 10여 일이 지나갔고, 이제 일주일 남짓 남아 있는 셈이었다. 앞으로 총장 선거하는 날까지 한 달의 기간이 지난 수년의 세월보다 훨씬 더 중요함을 모두가 인식하고 있었다. 우선 후보자 등록부터 빨리 해야 할 텐데, 성빈이 어떻게 나올지 은근히 걱정이 되는 모양이었다.

한 달 전, 정추위 회의에서 차기 총장 후보로 성빈을 만장일치로 결정했을 때에도 그는 이를 극구 받아들이려 하지 않았었다. 이미 그때에도 그는 총장이 되고 싶은 마음이 없었을 뿐만 아니라 자신이 권력의 중심에 선다는 것을 받아들일 수가 없었다. 학교를 정상화시키고, 해직교수를 복직시키고, 그리고 무엇보다 학생들에게 정의가 살아있음을 보여주기 위해 이 일에 뛰어들었지만, 차츰 정추위가 스스로 권력화되는 것을 그는 직감적으로 느끼고 있었기 때문이었다.

성빈은 4년 전쯤 학교 일에 적극 관여하게 됐던 때를 떠올렸다. 그때가 막 이희상이 총장이 되고 나서 무소불위의 권력을 휘두를 때였다. 이 총장은 정부의 방침을 내세워 이른바 대학구조 개혁에 나섰고, 경쟁력이 없는 학과를 종이 한 장 결재로 없애는가 하면, 기준도 불분명한 교수평가제를 통해 마음에 들지 않는 교수들을 무자비하게 쫓아냈다. 이에 저항한 한 교수가 대학 정문 앞에서 일인 피켓시위에 나서자 대학본부는 용역깡패들을 동원했고, 이 과정에서 피켓시위에 나섰던 교수의 머리가 깨지는 등 학교는 하루아침에 아수라장으로 변했다. 흥분한 학생들이 장기간 총장실 점거에 나서고 머리가 깨졌던 교수가 단식에 돌입하자, 더 이상 사태를 방관할 수 없었던 교수들은 전체 교수회의를 열고 학교 사태에 적극 대응할 것을 결의했다.

그때 성빈은 교수대책위의 간사를 맡았다. 같은 사회학과 교수가 그를 추천했고, 명분으로 보나 상황의 심각성으로 보나 거부할 수가 없었다. 그날부터 성빈은 위원장 교수를 모시고 실질적으로 교수대책위를 꾸렸다. 총장인 이희상을 만나 때로 설득하기도 했고, 동료 교수들과 함께 재단이사장과 총장 집으로 찾아가 시위를 하는 등 실력행사에 들어가기도 했다.

이희상은 요지부동이었다. C대학은 조부의 재산으로 만든 자기 집안의 학교이고 아버지를 거쳐 자신에 이르기까지 그의 집안이 모든 걸 걸고 이루었기 때문에, 어느 누구도 대학의 경영 자체에 대해 간섭을 해서는 안 된다는 것이 그의 논리였다. 대학이 경영 위기 상황이고 존립 자체가 어려워지고 있는데, 왜 교수들이 극단적인 행동을 하는 일부 교수들과 아무 것도 모르면서 날뛰는 학생들 편에 서는 것이냐고 오히려 호통을 치기도 했다.

혼란스런 상황 속에 세월은 흘러갔다. 해직된 교수들의 소송은 이어졌고, 신문과 방송에선 C대학 상황이 여러 형태로 보도되고 있었다. 학사일정만 겨우 지켜갈 뿐 학교는 망가질 대로 망가져갔다. C대학 문제가 장기화될 조짐을 보이자 교수대책위는 대학 밖에서 해결의 실마리를 찾기로 했다. 간사인 성빈은 대책위 임원들과 함께 시민단체와 C대학 동창회 인사들을 만나 함께 힘을 모아줄 것을 호소했다. 또한 교육부를 찾아가 C대학 재단이사회를 해산하고 관선이사를 선임해줄 것을 공식 요청했다. 이 모든 과정을 지역 언론은 물론이고 중앙 언론이 보도할 수 있도록 일일이 보도 자료를 돌렸다. 지역 사회 여론은 들끓을 수밖에 없었다. 상황이 이렇게 돌아가자 재단 측에서도 점차 사태의 심각성을 깨닫는 듯했다. 그러나 이미 양쪽이 입은 상처와 갈등은 깊어질 대로 깊어진 상태였다.

C대학 문제가 불거진 지 세 학기가 지난 후 교수대책위는 지역 시민단체, 동창회 등과 연대해 교수대책위를 'C대학정상화 추진위원회'로 확대 개편해 발족시켰다. 그리고 성빈을 만장일치로 위원장으로 내세웠다. 이때 이미 성빈은 C대학의 교수와 학생은 물론이고 지역 사회로부터 상당한 신뢰와 존경을 받고 있었다.

길고 긴 싸움은 계속되었다. 정추위 체제로 또다시 세 학기가 흘렀다. C대학 문제는 이제 민심이 어느 편에 서느냐에 따라 승패가 결정되는 여론싸움이 되었다. 마침 해직교수들의 사연이 잇따라 중앙 언론에 보도되면서 C대학 재단의 횡포가 만천하에 알려졌다. 비슷한 시기에 다른 지역의 사학재단 비리들이 연속적으로 터져 나오면서 C대학 처리 문제는 이제 지역을 넘어 전국적인 관심사가 돼버렸다. 그동안 사태를 관망하던 교육부는 더 이상 여론을 외면할 수 없었고, 감사를 통해 문제 대학들의 비리를 캐내는 등 사학

재단 측에 압박을 가하기 시작했다.

C대학에 대한 감사결과가 나온 지 채 한 달이 되지 않아 마침내 정부가 적극적인 해결 방안을 내놓았다. 사학재단의 비리들이 잇따라 터져 나오면서 여론이 들끓었기 때문이었다. 교육부는 C대학 사태의 책임을 물어 문제의 근원이었던 재단이사회를 해산시키고 관선이사를 파견하기로 결정했다. C대학 분규가 일어난 지 거의 4년의 세월이 흐른 후였다. C대학 정상화의 서광이 보이기 시작했다.

이후의 상황은 지루했던 투쟁과정과는 달리 신속하게 돌아갔다. 교육부는 구 재단, 정추위 등과의 삼자 협상을 통해 구 재단 측이 추천한 세 명의 이사와 정추위 측에서 추천한 세 명의 이사 그리고 중립적 인사인 C시 소재의 국립대학 총장을 임시 재단이사장으로 지명해 관선이사회를 구성했다. 여론의 지대한 관심 속에 관선이사회는 첫 회의를 열었고, 논란 끝에 이희상을 총장에서 물러나도록 했다. 그리고 조속한 시일 내에 새로운 규정으로 새 총장 선임 절차를 밟을 것을 결의했다. 실로 오랜 진통 끝에 C대학의 새로운 앞날이 예고되고 있었다. 구 재단 측을 제외한 모든 사람들이 박수를 치고 환호를 보냈다.

성빈은 여기까지가 자신에게 주어진 책임이자 역할이라고 생각했다. 그는 언제든 C대학 문제가 일단락되면 자기 본연의 모습으로 돌아가고 싶었다. 그런데 이는 그의 생각일 뿐 현실은 그를 꼼짝할 수 없도록 옭아매고 있었다. 정추위는 다른 대안이 없다는 이유로 성빈이 총장 후보로 나서야 한다는 것을 기정사실화했고, 더 이상 이를 거부할 어떤 명분도 주어지지 않았다. 여론의 흐름으로 볼 때 정추위의 구 재단을 상대로 한 앞으로의 싸움 또한 승리가 보장돼 있었다. 이미 정추위 회의에서는 성빈 총장 시대를 가정하고 대학본부의 주요 보직에 대한 인사가 공공연히 논의되고 있었고, 구 재단 측으로 분류되는 교수와 교직원들에 대한 살생부 명단이 나돌고 있었다. 오랜 투쟁 끝 승리의 축배를 맛보고 있는 셈이었다.

상황이 이렇게 돌아가면서 성빈은 자신의 의지와 무관하게 권력의 중심에 선 자신의 모습을 발견했다. 그의 박사학위 논문 주제인 '한국사회 시민사회운동과 정치권력과의 상관관계(부제 : 정치 지향적 시민사회운동의 한계와 대안 모색)'에서 논의했던 사회변혁 과정에서 등장한 시민사회운동 세력이 정치권력으로 변질되는 모습에 자신의 모습이 투영

되고 있음을 직감적으로 알아차렸다. 인간의 본능적인 권력 의지가 C대학의 변혁 과정에서도 정추위란 미래의 대체권 력에 의해 보란 듯이 등장하고 있음을 스스로 체험하게 된 것이다. 학자적 양심으로 몹시 불편했고 그런 상황을 받아 들이기가 어려웠다.

성빈은 그의 박사학위 논문에서 한국 사회의 변혁과정을 통해 선한 권력이란 현실적으로 존재하지 않음을 실증적으로 제시하려고 했다. 사회변혁을 주도한 시민사회 세력이 정치 권력화되고 지배계층에 편입될 때 그들 또한 기존의 권력구조와 별반 다르지 않음을 구체적 통계와 사례분석을 통해 입증하고자 했다. 결국, 부패한 권력구조와 부의 극심한 편중을 바로잡으려 했던 시민사회 세력 또한 스스로 권력화 될 때 시민사회운동은 본질적으로 한계를 맞을 수밖에 없음을 검증하려 한 것이다.

성빈의 권력에 대한 이런 인식은 사회과학적 방식에 기초한 것이라기보다는 대학시절 탐독했던 문학작품에서 더 많은 영향을 받았다. 대표적으로 윤흥길의 『완장』이나 찰스 디킨스의 『두 도시 이야기』 같은 작품을 통해 사회변혁에 앞장서는 개인 혹은 집단의 선한 동기도 결국 권력의 덫에 걸리면 본능적으로 야만성을 발휘하게 되고, 종국에는 선을 지향하는 인간성마저도 파괴되고 만다는 인문학적 관점에 깊이 공감했기 때문이었다.

어느 시대 어느 사회를 막론하고 인간은 하나를 주면 하나를 받아야 직성이 풀리는 보상심리의 본능적 욕구에 머물러 있음을 성빈은 대학시절부터 줄곧 인식하고 있었다. 마치 똑같은 길이로 좌우로 흔들거리는 시계추처럼 세상만사는 셈법이 분명하게 이루어지고 있었다. 그게 곧 인간의 본성이라고 생각했다. 그래서 선한 의지로 동기화된 개인이나 집단이 힘들고 고통스런 싸움을 통해 악한 권력을 몰아냈다고 해도, 그 개인이나 집단이 스스로 권력화될 때 새로운 권력 또한 부패할 뿐 아니라 그들이 장악한 무대에서 결코 물러나지 않으려 한다는 사실을 깨닫게 되었다. 기존의 권력을 대체한 또 다른 권력의 모습으로 역사의 전면에 나서게 되는 것이다.

이것이 바로 인간의 권력의지이고 현실적으로는 권력욕이다. 이 권력욕으로 인해 개인은 물론이고 한 사회나 국가, 세계가 갈등의 혼재 속에 끊임없이 권력을 둘러싸고 쳇바퀴를 돌고 있는 것이 아닌가. 이런 인간의 모습을 보면서 2000

년 전 예수는 오른손이 한 일을 왼손이 모르게 하라고 했고, 한쪽 뺨을 맞으면 또 다른 뺨을 내밀라고 제자들을 가르쳤다. 왜냐하면 예수는 자신의 제자들조차 자신을 세상의 새로운 왕으로 인식하고 있음을 알아차렸고, 결국 자신이 십자가에 못 박힘으로써 권력을 초월한 영원한 진리의 승리가 이 땅에 뿌리내릴 수 있음을 예감하고 있었기 때문이었다. 인간은 과연 어떤 존재인가. 인간은 왜, 무엇 때문에 그리고 무엇을 위해 살아가고 있는가.

성빈은 정추위 멤버들의 얼굴을 하나하나 쳐다보았다. 오랜 기간 힘들고 고통스런 싸움으로 동지의식을 공유하게 된 사람들. 밤새 울분을 토로하기도 했고 때로 절망에 빠지기도 하면서, 서로를 격려하며 오늘 이 순간까지 이르렀다. 승리를 확인하는 무대가 목전에 놓여 있었다. 축배를 들어야만 했다. 그런 그들을 향해 성빈은 그의 마음속에서 울려오는 진심으로 하고 싶은 얘기를 할 수가 없었다. 그들의 불타는 의지에 찬물을 끼얹을 수는 없는 일이었다.

더군다나 이정인과 정은채 그리고 자신의 관계로부터 빚어진 사적인 문제는 이들의 잘못이 아니질 않는가. 이들과는 아무런 관계가 없었다. 이 일로 총장 후보를 그만두겠다는 건, 그건 또 다른 위선을 저지르는 행위임에 분명했다.
지금 그에게 던져진 상황은 이미 발을 빼지 못할 만큼 이들
과 함께 오랜 세월을 걸어왔다는 사실이었다. 돌아서지 못
할 지점까지.

목련꽃 핀 날

　　정추위 멤버들은 자정이 넘도록 위로와 감사와 축배의 잔을 높이 들었다. 자칫 주홍글씨의 희생양이 될 뻔했던 성빈의 무사귀환에 위로를 보내면서 한 잔, 봉건시대 군주와도 같았던 대학재단을 무너뜨린 것에 대한 감사의 의미로 한 잔, 그리고 이제 한 달 후면 펼쳐질 C대학의 새로운 시대를 꿈꾸며 축배의 의미로 또 한 잔, 모두가 오랜만에 기분 좋은 술잔을 돌렸다.

　　술에 취하고 온갖 상념에 젖은 채 성빈은 자신도 모르게 카페 '목련꽃 핀 날'로 발길을 옮겼다. 학교 후문 쪽은 정문 쪽 분위기와 달리 어둠에 싸여서 고요하기만 했다. 카페는 이미 불이 꺼져 있었다. 고양이 한 마리가 카페 건물 뒤쪽의 쓰레기통을 뒤지다가 사람의 발자국에 놀란 듯 쏜살같이 달아났다. 카페 문 앞에서 잠시 망설이던 그는 건물 계단을 올랐다. 술이 취한 탓에 몸의 균형이 조금씩 흔들리기도 하면서 건물 5층에 있는 김명진의 집 문 앞에 이르렀다.

성빈은 이 집을 처음 찾았을 때를 기억했다. C대학으로 내려온 지 2년쯤 지났을 무렵이었다. 그 당시 정은채는 사회학과 조교 신분으로 성빈의 연구실을 자유롭게 드나들었다. 20년 가까운 나이 차가 무색할 만큼 둘의 관계는 스승과 제자 사이를 뛰어넘어 허물없이 지낼 만큼 가까워졌다. 수업 시간 등 스케줄 조정하는 것과 외부원고 교정은 물론이고 만나야 할 사람과 만나지 말아야 할 사람까지 그녀가 관리했다. 심지어 계절이 바뀔 때마다 백화점에서 그의 옷을 골라주는 것도, 일주일에 한 번씩 마트에서 식자재를 구입하고 비타민제를 챙겨주는 것도 그녀의 몫이었다.

C시에 내려와 정 붙일 데가 없었던 성빈에게 정은채는 마음의 등불과도 같은 존재가 되어 갔다. 아침마다 연구실에서 생글거리며 맞는 그녀의 얼굴은 마음속 온갖 근심거리를 씻어줄 만큼 큰 위로가 되었다. 그런데 아주 역설적으로 그는 그녀로 인한 기쁨이 커갈수록 차츰 불안해지는 자신을

느끼지 않을 수가 없었다. 그녀와 더 이상 가까워져서는 안 된다는 내면의 목소리. 그는 의도적으로 그녀와 거리를 두고자 했다.

김명진의 집을 처음 찾아갔던 그날, 성빈은 저녁을 사달라는 정은채에게 약속이 있다고 거짓말을 했다. 연구실을 나와 곧장 숙소로 들어갔지만 그녀에게 거짓말한 것이 아무래도 후회막급이었다. 그는 숙소에서 아무 일도 할 수가 없었다. 몇 번인가 휴대폰을 만지작거리며 그녀에게 전화를 할까 망설였다. 그런 자신의 모습을 확인하며 몹시 부끄럽고 실망스러워 머리를 쥐어뜯기도 했고, 휴대폰을 멀찌감치 소파 끝자락으로 던지기도 했다. 거실을 계속 왔다갔다 안절부절못하다가 아무 생각 없이 TV를 켜고, 채널을 이리저리 돌리다 다시 TV를 끄기도 했다. 소파에서 벌떡 일어나 냉장고에서 소주병을 꺼내 안주도 없이 연거푸 몇 잔을 마신 후, 그는 문득 무슨 결심이라도 한 듯 의자에 걸어둔 재킷을 낚아채 숙소를 나섰다.

그리고 얼마 후 성빈은 카페 '목련꽃 핀 날' 앞에 멈춰 섰다. 평소 자주 오던 곳이지만 그날은 낯설게 느껴졌다. 이미 자정이 넘은 시간, 카페엔 불이 꺼져 있었다. 어둠을 응시한 채 한참 서 있던 그는 건물 안쪽으로 통하는 계단을 오르기 시작했다. 그리고 5층에 있는 김명진의 집 인터폰을 조심스럽게 눌렀다. 이내 문이 활짝 열리고 풍만한 여인이 그를 맞았다. 잠옷차림에 스웨터를 걸친 그녀는 야심한 시간에 혼자 사는 여자의 집을 남자가 찾아왔음에도 불구하고 별로 놀라는 기색이 없었다.

"교수님, 이 밤중에 어떻게……. 커피 타 줄 사람이 없어서 여기까지 오셨나요?"

"실례가 된 건 아닌지……."

어색한 표정으로 성빈이 눈치를 살폈고, 그녀는 그게 무슨 소리냐는 듯 그를 반겼다.

"교수님, 누추한 제 집에 오신 걸 환영……."

성빈은 김명진의 어깨를 와락 감쌌다. 그리고 그녀의 입술을 찾아 그의 입술을 거칠게 부딪쳤다. 그녀의 잠옷 위로 걸쳐 있던 스웨터가 바닥에 힘없이 떨어지고, 흰 속살이 잠옷 사이로 드러났다. 부풀어 오른 그녀의 젖가슴이 그의 감각을 자극했다. 거친 숨을 몰아쉬며 그는 그녀의 가슴을 입술로 흡입했다. 그녀가 짧은 신음소리를 냈다. 그녀는 그의 윗옷을 서둘러 벗겼다. 오랫동안 둘은 선 채로 격정적인 입맞춤을 나누었다. 그의 손이 그녀의 잠옷 아래쪽으로 미끄러지듯 내려갔고, 그녀의 잠옷이 스르르 벗겨졌다. 둘은 마치 하나의 몸이 된 듯 완전히 밀착한 채 침실로 자리를 옮겼다.

둘은 뜨거웠다. 오랜 세월 아내와 잠자리를 하지 않은 남자와 홀로 밤을 지새워야 했던 여자는 몇 번이나 절정에 오르는 것을 느꼈다. 둘의 몸은 땀으로 흠뻑 젖었다. '목련꽃 핀 날'의 주인과 단골손님으로 만나 가져왔던 서로에 대한 호감이 섹스를 하면서도 상대를 배려하게 했다. 처음으로 한 섹스였지만 둘은 무척 편안했다. 그리고 서로의 빈자리를 누구보다 잘 아는 듯 충만하게 채웠다.

김명진은 성빈보다 네 살 연하였다. 서울의 여자대학에서 염직디자인을 전공한 그녀는 섬유 원단에 무늬를 디자인하고 거기에 맞는 색조를 찾아 염색을 하는 일을 했다. 프리랜서로 일했던 그녀는 유명 패션 브랜드의 디자이너들과 공동으로 작업하기도 했고, 직접 디자인과 염색을 한 옷감을 패션 브랜드 업체에 납품하기도 했다. 대학을 졸업하던 해에 대기업에 다니던 남자와 결혼해 딸 하나를 낳았고, 표면상으로 성격 차이란 이유로 이혼을 했다. 이혼 후 몇 년쯤 지나 그녀는 서울을 떠나 C시로 내려왔다.

원래 '목련꽃 핀 날' 카페 건물 자리에는 김명진의 외할머니가 살았던 아담한 한옥 기와집이 자리 잡고 있었다. 그녀의 외할머니는 외손녀를 끔찍이도 사랑했다. 김명진은 학창시절 방학이 되면 늘 외할머니 댁에 내려와 살다시피 했다. 외할머니는 특별한 손재주가 있어서 외손녀의 옷을 직접 만들어 입히곤 했었는데, 어린 나이에도 불구하고 그녀는 외할머니가 손수 만들어준 형형색색의 개량한복을 마음에 들어 했다. 그녀가 나중에 염직 일을 하게 된 것도 외할머니의 영향을 받았음을 늘 자랑스러워했다.

외할머니는 돌아가시면서 평생을 살았던 한옥을 외손녀에게 물려줄 것을 유언으로 남겼다. 혼자 딸을 키우며 살아야 했던 외손녀가 목에 걸린 생선가시처럼 늘 마음에 걸렸기 때문이었다. 이 한옥 기와집 안마당에는 꽃나무들이 즐비했다. 봄이면 개나리 목련이 눈을 즐겁게 했고, 여름엔 붉은 장미가 화려함을 선보였고, 가을엔 대추나무에 붉은 대추가 주렁주렁 열렸다. 그런 오래된 나무들을 잘라낸다는 게 마음 아팠지만 김명진은 서울에서 내려오던 해에 정들었던 한옥을 허물고 빨간색 벽돌로 된 5층 건물을 세웠다. 그리고 2층에 카페를 차렸다. 그녀는 이 카페에 공을 들였다. 소품 하나하나 골동품 가게를 드나들며 직접 챙겼고, 인테리어 공사를 맡은 사람이 귀찮을 정도로 디자인에 자신의 아이디어를 냈다. 그리고 외할머니와의 추억을 살리기 위해 '목련꽃 핀 날'이란 간판을 내걸었다. 어린 시절 하얗게 핀 목련꽃이 검은 밤을 배경으로 둥둥 떠다니는 듯했던 느낌을 그녀는 오래도록 간직하고 싶었기 때문이었다.

정추위 멤버들과 오랜만에 소주 몇 잔으로 회포를 풀었지만 성빈의 마음은 어지러울 수밖에 없었다. 총장 선거에 나설 수밖에 없는 이 현실을 어떻게 풀어갈 것인가. 은채와 정인을 만나 무슨 얘기로 마음의 상처를 싸매줄 것인가. 또한 앞으로 벌어질 학교 내 파벌문제는 어떻게 정리할 것이며, 그 과정에서 자신은 어떤 처신을 해야 할 것인가. 그리고 막판 반격을 할 이희상이란 산은 또 어떻게 넘을 것인가.

성빈은 김명진의 집 문 앞에서 술에 취한 채 음정 박자 무시하고 노래를 부르기 시작했다.

"목련꽃 그늘 아래서 베르테르의 편지를 읽노라. 구름 꽃 피는 언덕에서 피리를 부노라……."

노래가 채 두 소절도 끝나기도 전에 문이 열렸다. 그녀가 그의 팔을 다정스레 안쪽으로 이끌었다. 그리고 둘의 뜨거운 밤은 깊어만 갔다.

다음날 아침, 진한 커피 향에 성빈이 눈을 떴다. 화사한 분홍빛 홈드레스를 입은 김명진이 커피 잔을 내밀었다.

"성 교수님, 오늘 바쁘시지 않나요? 오랜만에 학교 돌아오셔서 처리해야 할 일이 많으시잖아요."

"음……."

그는 아직 잠이 덜 깼다.

"요즘 방학이어도 대학본부 사람들은 출근하던데 얼른 씻고 나가셔야죠. 제가 이사를 하든지……. 여긴 바로 학교랑 붙어 있어서 아무래도 교수님 불편하실 것도 같고."

늘 상대방을 배려하는 김명진식 생각이었다. 진심으로 걱정하는 그녀의 얼굴이었고, 눈빛에 진심이 담겨 있었다. 그는 미안한 마음이 들었다.

"이사는 무슨……. 알았어요. 얼른 일어날게요."

"정인 씨는 만나 보셨나요? 정인 씨 나쁜 사람 아니잖아요. 전 이해할 것 같기도 해요."

"정인을 이해한다고?"

그가 침대에서 일어나 앉으며 그녀를 바라보았다.

"네. 이번 일이야 물론 잘못된 게 분명하죠. 하지만 교수님……. 교수님이 진작 은채 씨 문제를 정리하셨으면 이런 일 겪지 않으셨을 거고요. 정인 씨가 인터넷에 글 올린 건 순전히 은채 씨 때문이잖아요."

김명진은 성빈의 눈길을 마주한 채 말을 이어갔다.

"은채 씨 대학원 다닐 때 조교로 쓴 것까지는 그렇다고 해요. 하지만 다문화 지원센터 시작하실 때 간사로 다시 데려간 건 아무래도……. 아마 그때부터 정인 씨도 교수님을 원망했을 거 같아요."

"아니, 김 사장……."

"또, 김 사장이라고 부르신다!"

그녀는 살짝 눈을 흘기며 그를 쳐다보았다. 둘이 있을 때 성빈이 김 사장이라고 부르는 걸 딱 싫어한다는 걸 이미 몇 번이나 얘기했기 때문이었다.

"아, 그렇지. 그런데 명진 씨, 다문화 지원센터 시작할 때 은채를 간사로 쓰라고 얘기해준 건 바로 당신이었잖아요?"

성빈이 어이가 없다는 표정을 지었다.

"물론 제가 그랬어요. 은채 씨 아무 대책도 없이 대학원 그만둔 것도 사실 성 교수님이 의도적으로 거리를 두니까 그런 건데, 교수님은 모르셨나요? 전 충분히 그 맘 알아요. 그래서 좀 딱하기도 했고요. 제가 그때 은채 씨 간사로 쓰라고 한 건 사실 교수님 마음이 어떤 건지 확인하고 싶었기 때문이에요. 교수님이 정말 은채 씨를 마음에 두고 있는지 아닌지 저도 알고 싶었거든요. 그런데 교수님 제가 그 말 하고 난 바로 다음 날, 은채 씨 만나서 다문화센터에서 일하라고 하셨잖아요."

"그야, 그 당시에 사람이 꼭 필요했고 또 은채만큼 그 일을 잘할 사람도 없었으니까 ……."

"그러셨겠죠. 성 교수님, 저랑 같이 있을 때 가끔씩 잠꼬대하면서 은채 씨 이름 부르는 거 아세요?"

성빈은 망치로 뒤통수를 맞은 듯 아찔했다. 몰래 감추고 싶었던 비밀이 전혀 예상치 않은 순간 발각됐을 때의 느낌이었다. 부끄러웠다. 그리고 진심으로 미안했다. 김명진은 그의 마음을 꿰뚫고 있었다. 정은채의 그를 향한 애틋한 마음은 물론이고, 그의 정은채를 향한 흔들리는 마음까지도 정확하게 읽고 있었다. 무슨 말이라도 해야 했다. 그러나 아무 말도 할 수 없었다.

"교수님, 저한테 미안해하실 거 없어요. 전 그냥 교수님이 좋아요. 교수님의 무심한 듯 보이는 얼굴 표정과 몸짓, 말할 때 상대방을 쳐다보는 깊은 눈빛, 그리고 커피를 마실 때 커피 잔을 두 손으로 감싸듯 마시는 교수님의 작은 습관까지도 전 그냥 다 좋아요. 물론 그렇다고 해서 제가 교수님께 매달리듯 부담을 드리고 싶은 마음은 없어요. 그러니까 교수님도 저한테 부담 느끼지 마세요. 그냥 저를 편안하게 대해주시면 좋겠어요."

침대 모서리에 앉아 있던 그녀가 커피 잔을 들고 일어섰다. 아침햇살을 받은 그녀의 민낯이 더욱 따스하게 느껴졌다.

"명진 씨, 고마워."

"자, 일어나세요. 총장 되실 분이 부지런히 뛰셔야죠."

그녀가 성빈의 손을 잡아 일으켜 세웠다.

운명의 덫

총장 후보자 등록기한을 사흘 남기고 아침 일찍 정추위 간사인 경제학과 윤 교수가 성빈의 숙소로 자동차를 몰고 왔다. 밤새도록 성빈은 'C대학 정상화 방안'을 작성했다. 관선이사회에서 총장 후보자가 제출해야 할 기존의 서류에 C대학을 조기에 정상화시킬 수 있는 방안을 함께 제출하도록 했기 때문이었다. 몇 년 동안 고심했던 문제이긴 하나 이를 문서로 작성한다는 게 쉬운 일은 아니었다.

노란색 서류봉투를 들고 성빈이 아파트 현관문을 서둘러 나섰다. 윤 교수가 운전석 문을 열어둔 채 피우고 있던 담배불을 끄고 성빈을 맞았다.

"위원장님, 서류 만들기 힘드셨죠? 아무래도 제가 동행

해드리는 게 좋을 것 같아서요.”

“아침부터 괜히 저 때문에…….”

성빈이 조수석으로 앉았다. 무슨 대단한 사람으로 취급받는 것 자체가 영 어색했다.

“아니, 이게 어떻게 성 위원장님 혼자만의 문제이겠습니까. 자, 출발하겠습니다.”

성빈이 조수석의 창문을 맨 아래까지 활짝 열자, 아침 바람이 상쾌하게 머릿결을 날렸다. 그래도 그의 머릿속은 복잡하게 얽혀 있었다. 윤 교수가 흘깃 눈치를 보더니 한마디를 건넸다.

“저쪽에서는 아마 경영대학장을 후보로 내세울 것 같은데요.”

“네? 그분이 어떻게…….”

예상 밖의 인물이었다.

“며칠 전부터 나오는 얘긴데요. 이희상이 삼고초려가 아니라 십고초려를 했다는 얘기도 있습니다.”

경영대학장은 정추위 활동에 적극적으로 나서지는 않았지만 그래도 심정적으로 지지를 해왔던 사람이었다. 성빈이 그동안 몇 차례 만난 적도 있는데, 교수들이 어떤 주장을 내

세울 때 충분히 내부적인 토론을 거쳐줄 것 등을 주문한 적
도 있었다. 학교 내에서 후배 교수들로부터 비교적 존경을
받고 있고, 학문적으로도 실력을 인정받고 있었다. 그런 그
가 총장 후보로 나선다는 것 자체가 현재의 국면에선 큰 뉴
스거리임에 틀림이 없었다. 이희상이 결코 만만한 상대가
아니란 게 입증이 되고 있는 셈이었다.

"이 문제로 오후에 회의가 소집돼 있으니까 선관위에 서
류접수하고 사무실로 가시면 될 거 같습니다. 점심약속 없
으시면 미리 나와 계신 교수님들 하고 같이 드시면 될 거 같
고요."

윤 교수가 상황의 심각성을 한 번 더 일깨워 주었다.

그때 성빈의 안주머니에 있던 휴대폰 진동음이 울렸다.

'이정인'이란 이름이 또렷하게 떠올랐다.

"저, 이정인입니다."

이정인은 약간 경직되었지만 분명한 어조로 자신의 존재
를 알렸다.

"오랜만이네."

성빈은 그가 용건을 먼저 얘기하도록 짧막하게 응대했다.

"저, 한번 뵈었으면 하는데요."

성빈이 예상했던 대로였다.

"그래, 봐야지. 괜찮으면 오늘 저녁에 보기로 할까?"

"네."

이정인이 인터넷에 글을 올린 후 지난 보름간의 온갖 상념들이 주마등처럼 성빈의 머릿속을 스쳐가고 있었다. 그의 입에서 자신도 모르게 깊은 한숨이 흘러나왔다. 언젠가는 거쳐야 할 일이었다.

오후의 정추위 회의는 꽤나 심각한 분위기로 진행되었다. 역시 주된 이슈는 경영대학장이 구 재단 측의 총장 후보로 나선다는 것이었다. 몇몇 교수가 자신이 알고 있는 정보를 들려주었다. 이희상이 전 재단이사장이자 지금도 지역 사회에서 적지 않은 영향력을 행사하고 있는 그의 아버지를 통해 경영대학장을 회유했다는 얘기부터 C지역의 최다선 국회의원까지 동원했다는 말도 나왔다. 심지어 이희상은 경영대학장을 총장 후보로 내세우기 위해 고가의 선물 보따리를 들고 며칠에 걸쳐서 밤낮으로 그의 집을 드나들었다는 얘기도 전해졌다. 다른 사람에게 절대 고개 숙이지 않는 안하무인의 이희상이 이번 총장 선거에 사활을 걸고 있음을 보여주고 있었다.

거기에다 좋지 않은 소식이 더해졌다. 정추위 멤버 교수 몇몇이 구 재단 쪽으로 돌아서고 있다는 얘기였다. 꼭 누구라고 확인까지 되진 않았지만 당장 오후 회의에 나오지 않은 사람들의 이름이 거론되면서 분위기는 더욱 어두워졌다. 교수대책위 시절부터 정추위의 중심 역할을 해왔던 원로급이 교수가 갑자기 연락이 되지 않는다는 것과 특히 그가 경영대학장과 친분이 두텁다고 하는 대목에서 모두들 낙담하는 분위기가 역력했다. 또한 정추위의 유일한 여성임원인 영문과 신 교수의 최근 행적이 파악되지 않는 것도 교수들의 마음을 불안하게 했다.

부위원장을 맡고 있는 최 교수가 좌중을 정리했다.

"자, 이제 걱정들은 그만하시고 당장 오늘부터 해야 할 일부터 정하기로 합시다. 우선, 우리가 각별히 인식해야 할 점은 위원장인 성 교수님께서 오늘 후보자 등록을 마쳤습니다. 그래서 위원장님이 직접 이해 당사자가 되셨기 때문에 이번 총장 선거와 관련해서 본인의 입장이나 생각을 적극적으로 얘기하기가 좀 어려우실 겁니다. 우리가 이 점을 분명히 알고 또 성 교수님 입장을 충분히 이해해야 할 것 같습니다."

참석자들의 얼굴을 한번 살펴본 후 최 교수가 엄숙한 표정으로 결의를 다졌다.

"그동안 성 교수님께서 정추위를 얼마나 잘 이끌어 오셨는지는 굳이 얘기할 필요도 없을 겁니다. 성 교수님 안 계셨으면 우리 정추위가 어떻게 오늘의 성과를 이끌어낼 수 있었겠습니까? 그러니까 이제부터는 특히 이번 총장 선거와 관련해서는 우리 임원들이 더 적극적으로 나서서 정추위가 똘똘 뭉칠 수 있도록 잘 이끌어가야 되겠습니다."

"옳소!"

"그렇지!"

이번에는 법대 홍 교수가 자리에서 벌떡 일어나 목소리를 높였다.

"이번 총장 선거를 우리가 너무 쉽게 봐서는 안 됩니다. 관선이사회 구성되고 나서 어쩌면 우리 모두가 승리에 너무 도취해 있었던 건 아닌지 반성도 좀 해야 할 것 같습니다. 자, 오늘까지 상황을 종합해 보면 저쪽에서 사생결단으로 막판 뒤집기에 나서고 있는 모양인데, 우리 정추위가 그 오랜 세월 동안 고생한 이유가 무엇이겠습니까. 우리 손으로 좋은 대학 한번 만들어 보자는 거 아닙니까? 그리고 해직된 교수들도 복직시켜야 하고요. 그러려면 이번 총장 선거 무조건 승리해야 합니다. 그것도 압도적으로 승리해야만 합니다!"

오후 내내 계속된 정추위 회의에서는 앞으로 총장 선거 끝날 때까지 매일 오후에 임원회의를 개최할 것과 원활한 선거운동을 위해서 현재의 정추위 체제를 선거대책위로 전환한다는 내용이 결의되었다. 이밖에 교수와 교직원, 시민단체와 언론기관 등의 대표로 구성되는 선거인단의 예상 명단을 작성하고 임원들이 분담해서 개별적으로 접촉하는 방안 등이 논의되었고, 교수회 주관으로 열리는 후보자 토론회에 대비할 토론회 전담팀 그리고 후보자를 적극 알리기 위한 홍보팀도 꾸려졌다. 승리를 위해 마지막 남은 한판 전쟁을 대비하는 전투 분위기가 감돌았다. 지금까지 잘 싸워왔는데 자칫 잘못하면 수년 동안 피땀으로 일구어낸 투쟁의 결과가 물거품이 되고 만다는 결연한 의지가 불타오르기도 했다. 이 모든 과정을 지켜보는 성빈의 심정은 착잡했다. 겉으로는 의연한 척했지만 마음 한구석엔 어두운 그림자와 함께 불안감이 계속 이어지고 있었다. 그리고 회의 내내 저녁에 만날 이정인의 얼굴이 그의 눈앞에 아른거렸다.

어둠이 조금씩 내려앉으며 하늘위로 곧게 뻗은 소나무 사이로 가로등이 하나둘 불빛을 밝히고 있었다. 문예회관이 자리한 시민공원엔 데이트하는 젊은이들과 산책을 하는 가족들의 모습이 한가롭게 보였다. 자그마한 야외무대에서는 수십 명의 관객을 앞에 놓고 아마추어 통기타 가수가 노래를 부르고 있었고, 대극장 쪽에선 지역신문사 주최로 국악과 재즈를 접목한 퓨전 음악회가 열리고 있었다. 최근의 트렌드인 퓨전 음악에 관심이 높은 듯 다양한 계층의 사람들이 꽤나 붐비는 모습이었다. 주차장에 주차를 하고 성빈은 상대적으로 한산한 소극장 쪽으로 발걸음을 옮겼다. 소극장 현관을 지나 약속장소인 2층 테라스 카페로 가기 위해 막 계단을 오르는 순간이었다.

"교수님……."

떨리는 듯한 귀에 익은 목소리가 들려왔다. 성빈이 뒤를 돌아보았다. 오랜만에 보는 얼굴이었다. 초췌하고 위축돼 보이는 그의 표정이 안쓰럽게 느껴졌다.

"응, 그래. 어서와……."

둘은 말없이 앞뒤로 계단을 올라 카페에 자리를 잡고 앉았다. 둘은 서로 얼굴을 슬쩍 쳐다볼 뿐 말이 없었다. 오랫동안 서로 봤던 사이인데 어색하기만 했다. 얘기를 어디서부터 풀어가야 할까. 성빈이 먼저 말문을 열었다.

"은행 일은 잘돼 가나?"

"네. 뭐, 그런대로 해나가고 있습니다."

"C은행은 지방은행이지만 자본도 탄탄하고……."

"저, 교수님!"

이정인이 급한 마음을 감추지 못하고 성빈의 말을 잘랐다.

"먼저, 죄송하단 말씀부터 드리겠습니다. 사실 고민도 많았고, 그동안 잠도 잘 못 잤습니다."

이정인의 얼굴은 몹시 상해 있었다. 지금 처해 있는 현실이 그를 얼마나 무겁게 짓누르고 있는지 충분히 짐작할 수 있을 정도였다.

"저로 인해 교수님께 어떤 피해가 생겼는지 잘 모르겠습니다만, 제가 한 행동이 결코 잘했다고는 생각하지 않습니다. 죄송하게 생각합니다. 하지만 저로서는 달리 방법이 없었습니다. 교수님 입장에서는 학교 일에 앞장서시고 또 앞으로 총장이 되고 하시는 게 큰 관심사이겠지만, 저에게는 이 세상에서 은채보다 더 중요한 건 없습니다. 그날 회식했던 날에도 교수님이 제 앞에서 은채에게 그런 행동을 아무렇지도 않게 한다는 게 저로서는 납득이 되질 않았습니다. 그리고 ……."

"정인, 시간 많으니까 천천히 얘기하도록 하지. 자, 물부터 한잔 마시고. 우리 식사부터 주문하면 어떨까."

이정인은 테이블 위의 물 한 컵을 단숨에 마셨다.

"교수님, 이런저런 말하고 싶지 않습니다. 그냥 은채만 돌려주십시오. 그리고 학교를 떠나 주십시오!"

이글거리는 눈빛으로 상대방을 바라보는 그의 눈이 붉게 충혈돼 있었다. 그 눈빛 속에 간절함이 담겨져 있었다.

그 마음을 너무도 잘 알기에 성빈 또한 그를 탓하고 싶지 않았다. 그날 회식자리에서 있었던 일들을 복기하며, 누가 무엇을 잘못했고 또 무엇을 오해했는지 하나하나 되짚어가는 것도 아무 의미가 없음을 직감했다. 그날 옆자리에 앉았던 은채가 살짝 취한 듯 흔들리는 모습에 오른쪽 어깨를 두어 번 감싼 게 전부인데, 그게 그렇게 상처를 주었냐고 되묻고 싶지만 이미 부질없는 일이었다.

"정인, 내가 할 수 있는 일이 있고 또 할 수 없는 일이 있네. 지금 내가 학교를 떠나고 싶다 해도 이미 그럴 수 없는 상황이 돼버렸네. 정인의 마음이 어떤지 이렇게 얼굴 보니까 난 충분히 이해하네. 하지만 정말 내가 할 수 있는 걸 얘기해 줘야 어떻게 해볼 것 아닌가?"

성빈은 그 무엇보다 자신의 진심이 전해지길 바라며 현재의 학교 사정과 자신이 처해 있는 현실에 대해서 최선을 다해 설명을 했다. 그리고 무엇보다 이정인과의 관계가 변함없이 이어지길 원한다는 간절한 심정을 토로했다. 두 사람 모두 손도 대지 않은 음식은 차갑게 식어버린 채 한참이나 시간이 흘렀다.

성빈의 마음이 어느 정도 전해졌는지 이정인 또한 그의 속내를 털어놓았다.

"교수님, 제가 며칠 전에 은채 만났습니다. 제가 은채 보고 뭐라고 했는지 아세요? 같이 여기를 떠나자고 했습니다. 서울을 가든 어디를 가든 새로 취직자리 알아보면 되고, 그리고 빨리 결혼하자고 했습니다. 그런데 은채가……, 얘가 말을 안 듣습니다. 절대 여기를 떠날 수 없다는 겁니다. 그리고 오히려 저한테 화를 내면서 교수님께 사과하지 않으면 앞으로 두 번 다시 만나지도 않겠다는 거예요. 얘가 왜 이러는 거죠? 도대체 왜 이렇게 됐냐고요!"

감정이 격해지더니 그는 마침내 울음을 터뜨렸다. 이 상황을 어떻게 수습할 것인가. 성빈이 손수건을 꺼내 그에게 내밀었다. 이정인은 손수건을 뿌리치고 탁자 위의 냅킨을 몇 장 집어 들어 눈물을 닦아냈다. 그리고 크게 한숨을 내쉰 후, 성빈의 눈을 바라보며 작심한 듯 한마디를 내뱉었다.

"교수님, 은채랑 같이 잔 건 아니죠?"

어쩌면 이걸 확인하기 위해 이정인이 만나자고 했을지도 몰랐다. 마치 면전에서 뺨을 맞은 듯했지만 성빈은 화가 나지도 않았다. 어차피 누구의 잘못이라고 할 것도 없이 이미 실타래는 꼬일 대로 꼬인 상태였다.

"지금 은채를 생각하면서 그런 말을 하는 건가? 그건 이 자리에 없는 은채에 대한 최소한의 예의도 아니지. 내가 아무리 그대를 이해하려고 노력해도 이런 식으로 막 나가지는 말게. 난 굳이 나이를 들먹이거나 그러진 않을 거네만 서로에 대한 기본적인 예의라는 건 있는 거네."

"그래도 제 질문에 대답해 주십시오!"

이정인은 다른 말은 다 소용이 없다는 듯 꼭 대답을 들어야하겠다는 결연한 표정이었다.

"알았네. 자네가 생각하는 그런 일은 결단코 없네. 이게 원하는 대답인가? 그렇다면 이제 더 이상 스스로의 굴레에 갇혀서 그러지는 말게."

성빈은 스스로 담담해지려고 다짐하며 안간힘을 다 써보았다. 그러나 그의 내면의 목소리는 그녀와의 관계에서 그 자신이 결코 자유로울 수 없음을 말해주고 있었다. 마치 어둠속에서 구급차의 비상등이 돌아가듯 그의 마음 깊은 곳에는 제어되지 않는 신호가 울려오고 있었다. 이런 식으로 대화를 한다는 게 몹시도 불편하고 구차했지만 달리 어쩔 수도 없었다.

"교수님, 그렇게라도 대답해 주셔서 고맙습니다. 그런데 저도 제 자신을 잘 모르겠습니다. 솔직히 자신이 없습니다. 앞으로 어떻게 될지, 그리고 제 자신이 무슨 짓을 할지도 잘 모르겠습니다."

청춘

정은채는 혼자 길을 걷거나 카페에서 커피를 마실 때 습관처럼 랭보의 시를 외웠다. 프랑스의 반항과 자유와 감각의 천재 시인인 랭보의 시를 외우고 있으면, 시 속의 황홀한 이미지가 그녀의 눈앞에 펼쳐지는 듯했다. 그녀는 랭보를 만난 것 하나만으로도 사 년 동안 불문학과에 다니며 등록금을 낸 것에 대해 전혀 불만이 없었다. 행운으로 여겼다. 랭보가 보들레르를 최고의 작가로 여기기에 그녀도 보들레르를 좋아했고, 랭보가 말년에 아르헨티나에 머물며 아라비카 커피 원두를 팔았다는 걸 알기에, 그녀는 꼭 아라비카 원두커피를 마셨다. 인스턴트 커피도 아라비카 산으로 만든 걸 마셨다. 그리고 그녀는 가방 속에 늘 랭보의 시집을 넣고 다녔다.

랭보에 빠져 살았던 그녀가 똑같이 랭보를 좋아하는 사람을 만났다. 대학 3학년을 마칠 무렵 아주 우연히 카페에서 그를 만났다. 남자 친구와 장난 같은 내기를 하다가 거의 20년 연상인 그를 만났는데, 만난 바로 그날 밤 그 역시 랭보를 좋아하는 걸 알게 되었다.

정은채는 그를 만난 건 운명이라고 여겼다. 그녀는 그에게 자신이 랭보를 그렇게 좋아한다는 사실을 구체적으로 말한 적은 없었다. 그의 직업이 교수이기 때문에 그녀가 랭보를 거의 광적으로 좋아한다는 사실을 말하게 되면, 좀 더 이론적이고 전문적인 얘길 해야만 할 것 같았고, 그렇게 되면 자칫 그녀가 갖고 있는 랭보에 대한 그리고 그에 대한 이미지가 깨질 것 같은 느낌이 들었기 때문이었다. 중요한 건 그가 랭보를 좋아한다는 사실이었다. 처음 그를 만났을 때부터 그의 외모에서 풍기는 분위기가 랭보의 시를 함께 얘기할 수 있을 것 같았고, 아라비카 커피를 함께 마시면 기분이 좋아질 것 같았다.

정은채는 성빈을 만나기 꼭 100일 전에 남자친구인 이정인을 처음 만났다. 학교도서관에서 이정인이 자판기 커피 한 잔을 건네면서 둘의 만남은 시작되었다. 이정인은 그녀의 하얗고 고운 얼굴이 그의 심장에 꽂혔다고 했다. 정은채의 주변엔 그녀를 흠모하는 남학생들이 늘 서성댔지만, 그녀의 새침하고 무심한 분위기 때문에 누구도 쉽게 말을 걸지 못했다. 그녀에겐 이정인이 첫 남자친구였다.

그녀는 이정인의 반듯함과 적극적인 성격이 마음에 들었다. C대학 경영학과의 대표적인 모범생이자 장학생인 그는 장학금 전액을 C시 인근에 있는 가톨릭이 운영하는 공동체마을에 기부했다. 중소기업체를 운영하는 그의 아버지의 뜻이기도 했다. 사회봉사 활동에 적극적인 그는 한 달에 한 번씩 가족들과 함께 그 공동체마을에서 봉사하는 일을 하고 있었다. 어릴 때부터 변함없이 그렇게 하고 있다고 했다. 신체가 불편한 사람들을 위해 목욕을 시켜주거나 빨래를 하는 일, 식사 시간에 배식을 하거나 마당의 잡초를 뽑는 일을 한다고 했다.

정은채와 이정인이 C대학의 캠퍼스 커플로 만난 지 100일째 되던 날은 몹시도 추운 겨울이었다. 방학이었지만 둘은 이른 아침 학교 도서관에서 만났다. 특별한 날이라 두 사람 모두 무척 설레었다. 나란히 도서관에 앉아 서로의 얼굴을 바라보며 절로 나오는 웃음을 감추지 못했다. 공부를 하는 둥 마는 둥 해가 기울어질 무렵 둘은 다른 때보다 일찍 도서관을 나섰다. 먼저 학교 앞 액세서리 가게에 들러 이틀 전 맞춰 놓은 커플반지를 찾았다. 손가락에 똑같이 생긴 반지를 끼고 보니 상대방이 더욱 특별하게 느껴졌다. 다른 사람이 끼어들 수 없는 둘만의 관계가 이루어진 것 같았다. 둘은 이정인의 외투 주머니에 함께 깍지 낀 손을 쏙 집어넣고 후문 쪽을 향해 걸었다. 학교 주변에서 가장 비싸고 분위기 좋은 '목련꽃 핀 날' 카페로 발길을 옮겼다. 카페에 자리를 잡고 앉자, 이정인이 그의 가방 속에서 비닐에 곱게 싸인 장미꽃 한 송이를 꺼내 들었다.

"은채, 100일 동안 함께 해줘서 고마워. 사랑해."

그녀도 배시시 웃으며 화답했다.

"응, 나도 사랑해. 고마워."

와인 한 병과 스파게티를 시켜놓고 둘은 시간 가는 줄 몰랐다. 처음 만났을 때의 서로에 대한 느낌과 사소한 일로 서로 삐졌던 일을 이야기하며 서로를 아끼고 사랑하는 마음을 확인했다. 그러다 이정인이 불쑥 한마디 던졌다.

"은채, 너 오늘 집에 안 들어가면 안 돼? 우리 바다 보러 가지 않을래?"

갑작스런 제안에 정은채는 당황하지 않을 수 없었다. 매사에 반듯한 그가 이런 제안을 해 올지 전혀 예상하지 못했기 때문이다. 정은채는 눈을 동그랗게 뜨고 물었다.

"너, 진짜로 그러는 거야?"

"그럼, 우리가 뭐 어린애도 아니고 그럴 수 있는 거 아냐? 오늘 너랑 같이 있고 싶어."

그녀는 그의 눈빛에서 남자의 간절함을 느꼈다. 하지만 그건 아직 준비가 덜 된 일이었다.

"정인아, 우리 오늘 영화도 보고 또 노래방도 가고 할 일이 많잖아. 바다 구경은 다음에 가기로 하자. 응?"

그녀는 달래듯 그를 바라보며 말했다.

"은채, 난 오늘 너 집에 안 보낼 거야."

제법 단호한 표정이었다.

"오늘은 힘들어. 집에 뭐라고 얘기를 해?"

"그야, 친구 집에서 잔다고 하면 되지. 오늘 우리 100일인데, 아직 우린……."

하기야 주변의 친구들 보면 남자친구와 100일쯤 되면 하룻밤 함께 보내는 건 아무 일도 아니었다. 만난 지 며칠 만에 같이 잠을 자기도 하고, 또 그걸 무슨 대단한 일로 여기지도 않았다. 결혼 전에 꼭 순결을 지켜야 한다는 생각은 아니었지만, 아무래도 그녀는 내키지 않았다. 그래서 엉뚱한 제안을 했다.

"우리 내기하자. 내가 오늘 안으로 우리 정인이 만큼 멋진 남자를 발견하면, 네가 말한 거 200일째 되는 날로 연기하는 걸로."

왜 갑자기 이런 생각이 들었는지 그녀도 잘 알지 못했다. 이정인은 꽤나 잘생긴 편이었고, 평소에도 학교 안에서 그만큼 호감을 주는 얼굴을 찾기란 쉬운 일이 아니었기 때문이었다.

"그럼 아무 남자나 보고 멋지다고 하면 되는 거잖아?"

유치한 질문인 줄 알면서도 그는 그녀의 마음을 확인하고 싶었다.

"안 그럴게. 약속할게."

선뜻 이런 대답을 하는 그녀의 마음을 그녀 스스로도 알 수 없었다. 그리고 얼마간의 시간이 흘렀을 때, 그녀는 창문 밖으로 한 남자가 길을 건너오는 것을 발견했다. 짧은 순간이었지만 그 남자의 모습이 마음에 와 닿았다. 아, 저 아저씨가 이 카페로 들어왔으면. 은채는 마음속으로 그렇게 빌었다. 그리고 신기하게도 잠시 후, 그녀의 눈에 그가 들어왔다.

그날 이후 정은채는 성빈의 교수 연구실을 자주 드나들었다. 때로는 그녀의 남자친구와 함께 또 혼자 들르기도 했다. 둘은 사소한 일상에서부터 사람이 살아가는 모습과 방식에 대해서 성빈 교수로부터 많은 얘기를 들었고 또 많은 것들을 배우기도 했다. 성빈 교수는 책에서는 볼 수 없는, 다른 교수들로부터 들을 수 없는 그만의 경험담과 자유로운 사고 방식을 자연스럽게 들려주었다. 대학생활을 의미 있게 만들기 위해선 전공과목과 관계없는 책들을 많이 읽어야 한다든지, 시험기간을 잘 활용하기 위해선 학과 시험을 빨리 끝내고 여행을 떠나라는 등 꽤나 엉뚱한 얘기들을 아무렇지도 않게 들려주었다. 둘에게 그는 교수라기보다는 그냥 한 사람의 인생선배로 느껴졌다. 많은 나이 차이에도 불구하고 서로 마음으로 교감했다.

정은채에게 성빈이란 존재는 지금까지의 삶에서 한 번도 만나본 적 없는 새로운 느낌으로 다가왔다. 랭보의 시와 커피를 공유할 수 있고, 오랜 시간 같이 있어도 아무 부담이 느껴지지 않는, 그리고 아무 이유 없이 함께 있고 싶은 사람. 그녀는 어느 날 문득 그녀의 마음에 그가 큰 나무로 자라나고 있음을 알아차렸다. 그 나무 아래에 있으면 마음이 편해지고, 그 나무 그늘을 벗어나면 왠지 불안할 것 같았다. 그가 좋았고, 그를 정신적으로 깊이 의지하면서 정은채는 또 아무도 모르게 그를 향한 감정을 조금씩 키웠다.

정은채가 성빈 교수실을 자유롭게 출입하면서 화병에 꽃을 갈아주는 것은 그녀의 빼놓을 수 없는 일상 중 하나가 되었다. 모딜리아니의 '푸른 옷을 입은 소녀' 복사본을 예쁜 액자에 담아 벽 한쪽에 걸어 놓았고, 향기 나는 나무로 만들어진 필통을 마련해 책상 위 어지럽던 필기도구들을 깔끔하게 정돈해 놓았다. 성빈 교수 연구실은 하나둘 그녀의 손길로 채워졌다.

어느 날, 정은채가 커피와 머그잔을 성빈의 방에 놓고 나오던 길이었다. 이정인이 복도에서 그녀를 발견했다.

"역시, 여기 온 줄 알았어. 은채, 너 여기 너무 자주 오는 거 아냐?"

"뭘? 그렇게 자주 오는 것도 아닌데. 그냥, 교수님 혼자 계시니까 내가 챙겨 드릴 수 있는 거 좀 챙겨 드리는 것뿐인데……."

그녀는 혼자 좋은 기분에 들떠 있다가 들켜버린 느낌이었다.

"알았어. 내가 꼭 뭐라고 그러는 건 아니고. 오늘이 무슨 날인지는 알지?"

"응, 무슨 날?"

순간, 이정인의 얼굴이 일그러졌다.

"잘 좀 생각해봐!"

"맞다! 우리 만난 지 200일 되는 날이네. 미안, 미안해. 내가 며칠 전까지 계속 기억했었는데 정작 오늘 깜빡했네. 정인아, 정말 미안해. 오늘은 내가 맛있는 거 사 줄게. 이것 때문에 삐지기 없기다!"

그날 밤 둘의 몸은 하나가 되었다. 낯선 모텔 방에 들어서자 그는 거칠게 그녀의 안으로 들어왔다. 마치 송두리째 그녀를 차지하려는 몸짓이었다. 오랜 시간 참아온 걸 보상이라도 받으려는 듯, 그는 오랜 시간 그녀를 갖고자 했다. 그녀는 몸 아래쪽에 통증을 느꼈다. 선홍색 피가 침대 시트에 묻었다.

정은채는 그날 저녁을 먹을 때부터 이런 일이 벌어질 줄 알았다. 그에게 그녀의 몸을 허락할 수밖에 없음을 스스로 인정했다. 200일째 되는 날에 그 일을 치르기로 약속했기 때문이 아니었다. 성빈 교수를 향한 애틋한 감정을 이정인으로부터 조금이라도 추궁당하거나 방해받고 싶지 않기 때문이다. 정은채는 그 감정만큼은 그냥 훼손받지 않고 오롯이 지키고 싶었다. 그에게 몸을 허락한 건 그 대가인 셈이었다.

정은채는 첫 경험을 하고 난 후 후련한 느낌이 들었다. 몸이 자유로워진 듯했다. 치과의사인 그녀의 아버지가 대학에 입학하자마자 성교육이라며 했던 말이 떠올랐다. 남자와 어쩔 수 없이 성관계를 하게 되면 꼭 콘돔을 써라. 그 약속을 지켰다는 생각에 살짝 웃음이 나왔다. 고등학교 교사인 그녀의 어머니도 떠올랐다. 결혼 전까지 무조건 순결을 지켜라. 그건 지키지 못했다.

이정인이 만족한 듯 그녀를 바라보았다.

"너 처음……."

"응, 네가 처음이야."

처음이란 말이 왠지 부끄러웠다. 그녀는 이불을 머리까지 끌어당겼다.

"은채, 사랑해. 내가 더 잘할게."

그는 그녀를 꼭 안았다.

"응……."

그날 이후 이정인은 정은채를 완전 신뢰했다. 그녀의 몸과 마음을 모두 소유했다고 생각했고, 모든 걸 바쳐서 그녀를 사랑했다. 그녀를 지켜주고 싶었고, 그녀의 말이라면 하늘의 달이라도 따주고 싶었다. 이정인은 그녀가 성빈 교수 연구실에 자주 가는 것도 결코 마음에 두지 않았다. 오히려 그 자신도 성빈 교수를 전보다 더욱 따르게 되었다. 둘은 콘서트나 영화 보러 갈 때에도 가족과 떨어져 사는 성빈 교수를 초대했다. 저녁 시간에 카페 '목련꽃 핀 날'에서 셋이 함께 시간을 보내는 일이 잦아졌고, 그들 중 한 사람이 생일을 맞거나 좋은 일이 생기면 늦은 밤까지 함께 술도 마셨다.

그렇게 세월은 흘렀다. 대학 졸업과 동시에 정은채는 전공을 바꿔 대학원에 진학을 했고, 이정인은 C시 인근에 있는 공군비행단에 사병으로 입대를 했다. 봄날처럼 청춘의 날들은 그렇게 훌쩍 흘러갔다.

엇갈린 길

창밖으로 거세게 비가 내리고 있었다. 길가는 행인들이 들고 있는 우산이 바람결에 꺾어질 듯 휘어졌고, 골목길 여기저기에 비에 젖은 플라타너스 잎사귀들이 뒤엉켜진 채 사람들 발자국을 견뎌내고 있었다. 바람이 몰아치자 빗방울들이 소리 없이 유리창을 두드려댔다. 정은채는 목석처럼 의자에 앉아 유리창에 번지는 빗물자국을 바라보았다. 그런 그녀를 이정인은 오랫동안 간절하게 바라보고 있었다. 같은 테이블에 앉아 있지만 둘의 시선은 서로 다른 방향이었다. 점심 시간이 한참 지난 시간이어서 카페 안은 한산한 편이었다. 이미 커피는 다 식어버렸다.

이정인이 한쪽 팔을 뻗어 테이블 위에 올려진 정은채의

손을 잡았다. 그녀가 거부하진 않았지만 그녀의 감촉이 느껴지지 않았다. 마치 식은 커피처럼 온기를 느낄 수 없었다. 이정인의 마음 한구석에서 물안개 피어오르듯 절망감이 솟아올랐다. 그에게 닥쳐온 현실을 받아들일 수가 없었다. 자신의 모든 것을 바쳐 사랑했는데 목석처럼 앉아 있는 그녀는 시선조차 그를 받아들이지 않았다. 어디서부터 잘못된 것인가. 그의 입안이 바짝바짝 마르는 듯했다. 물컵이 코앞에 있지만 물을 마셔야 한다는 생각조차 할 수가 없었다. 그녀의 마음을 어떻게 돌려놓을 것인가.

"은채, 그냥 나만 믿고 나만 따라오면 안 돼?"

이정인은 간절한 눈빛으로 그녀를 바라보았다.

카페에 들어온 이후 줄곧 창밖을 바라보던 그녀가 얼굴을 돌렸다. 그의 두 눈을 똑바로 응시한 채 입을 열었다.

"왜 성 교수님께 사과 안 해? 교수님께 사과 안 하면 우린 어떤 대화도 할 수가 없어."

이정인은 성빈 교수가 대화의 전제가 되는 게 못마땅했지만 어쩔 수 없는 현실을 인정했다.

"교수님 만났어."

"언제? 사과했어?"

그녀의 두 눈이 갑자기 빛났다.

"며칠 됐어……. 죄송하다고 했고, 내가 한 행동이 잘한 것 같진 않다고 얘기했어."

"그게 사과야? 그리고 다른 말은 안 했어? 교수님은 뭐라고 그러셔?"

정은채는 이정인이 성빈 교수를 만났다는 말을 듣는 순간부터 조바심 나는 자신을 억제할 수가 없었다. 이정인이 무슨 말을 했는지, 성빈 교수에게 또 다른 마음의 상처를 주지는 않았는지 궁금해 견딜 수가 없었다.

"자세하게 말해줘. 교수님 만났을 때부터 무슨 얘기했는지 쭉 다 말해봐."

그녀는 자세를 바꿔 그의 얼굴 앞으로 바짝 다가섰다. 걱정 반 궁금증 반으로 그를 쳐다보았다.

"그래, 알았어. 교수님께 난 네가 무엇보다 중요하다고 했고, 그날 회식 날 네 몸에 손댄 거 싫었다고 얘기했고, 그리고 학교를 떠나 달라고 했어. 그리고……."

"그리고 또 뭐?"

순간, 이정인은 정은채의 간절한 눈빛을 발견했다. 그리고 그 간절함이 결코 자신을 향한 것이 아님을 알아차렸다.

무거운 바위가 그의 가슴을 짓누르는 듯했다. 자신도 모르게 툭 한마디를 던졌다.

"너랑 깊은 관계냐고 물었어."

"뭐라고? 나쁜 자식. 정인이 너 어쩜 그럴 수가…… 너, 정인이 맞니? 정인이 맞아? 이 나쁜 자식아!"

정은채는 의자에서 벌떡 일어나 테이블 위에 놓인 물컵을 잡고 온 힘을 다해 그의 얼굴에 물을 뿌렸다. 그리고 쏜살같이 카페 밖으로 달려나갔다.

얼굴에 물을 뒤집어쓴 채 이정인도 뒤를 쫓아 나갔다. 우산도 쓰지 않은 채 둘은 아스팔트 골목길을 달렸다. 얼마나 달렸을까. 둘의 몸은 이미 머리부터 발끝까지 쏟아지는 빗물에 젖어 있었다. 빗물을 고스란히 받아내며 그리고 눈물을 쏟아내며 정은채가 이정인을 향해 돌아섰다.

"지금 이 순간부터 더 이상 너 보지 않을 거야! 쫓아오지 마!"

그녀는 경고하듯 소리를 질렀다. 빗줄기가 그녀의 머리카락과 얼굴에 부딪히며 흘러내렸다.

"내 말도 들어봐야 될 거 아냐!"

이정인은 다급했다.

"아니, 됐어. 이걸로 끝내!"

정은채는 결연한 표정이었다.

"끝내자고?"

"그래!"

어이가 없다는 표정의 그를 뒤로 하고, 그녀는 몸을 돌려 다시 빗속을 달려갔다. 이정인은 더 이상 그녀를 쫓아갈 엄두를 내지 못했다. 그녀를 만난 이후 처음으로 보는 분노에 찬 얼굴이었다. 그냥 그녀를 바라볼 수밖에 없었다. 빗속을 달려가는 그녀의 단발머리가 속절없이 비를 받아냈고, 하늘색 원피스가 세찬 빗줄기에 흠뻑 젖어들고 있었다. 그녀는 그렇게 비를 맞으며 눈앞에서 사라지고 있었다. 이정인은 한동안 그 자리에 꼼짝없이 서 있었다. 아스팔트 길 위로 세차게 내리는 빗줄기가 튀어 올랐다. 그녀를 목숨처럼 사랑하지만 그녀를 결코 이해할 수 없다. 길 가는 사람들이 흘깃거리며 쳐다보았다. 그는 아무 느낌도, 아무 생각도 나지 않았다.

이정인이 이틀간의 휴가에서 돌아온 은행 사무실은 변함이 없었다. 돈과 관련한 문제를 해결하기 위해 은행 문을 열고 들어오는 사람들과 그들을 상대로 규정에 따라 일을 처리하는 은행 직원들 간의 역할 분담은 기계처럼 잘 이루어지고 있었다. 쉼 없이 딩동 소리를 내며 번호가 호명되고 있었고, 그 순서에 따라 사람들은 은행 직원의 앞자리에 얌전히 앉아 자신의 일을 시작하고 또 끝냈다. 마치 밀물과 썰물처럼 사람들의 발길은 쉼 없이 이어졌다. 자신의 인생에서 가장 깊은 절망 속에 빠졌던 이정인은 겉으로는 자신의 상황을 조금도 내색하지 않았다. 그럴 겨를조차 없었다. 고객이 앞자리에 앉으면 습관처럼 대화를 해야 하고, 빈틈없이 서류처리를 해야만 했다. 주택대출을 받으러 온 여자 손님과의 업무를 막 끝냈을 무렵, 인터폰으로 지점장의 호출이 왔다.

"이정인 씨, 요즘 일할 만해?"

방문을 들어서자 지점장이 밝은 표정으로 맞았다.

"아, 네. 잘 지내고 있습니다."

"휴가는 잘 갔다 왔고?"

"네. 덕분에 잘 쉬었습니다."

"이정인 씨, 우리 행장님하고 원래 아는 사이인가?"

지점장 얼굴이 호기심으로 가득했다.

"네? 은행장님이요? 잘 모르는데요."

"조금 전에 행장님께서 직접 전화 주셨는데, 내일 저녁에 이정인 씨 별 약속 없으면 저녁식사 같이 했으면 하시거든."

"저는 전혀 모르는 일인데요."

"그래? 그럼, 이거 무슨 일이지?"

지점장은 고개를 갸웃거리며 알 수 없다는 표정을 지었다. 이정인은 순간 머릿속이 바빠졌다. 은행장이 말단 사원인 그를 보자는 게 보통 일은 아닌 듯한데, 혹시 그 일과 관련이 있는 것일까.

한정식 집 '락'의 방안에 네 남자가 자리를 같이했다. 이정인과 그의 상사인 지점장, 그리고 C은행장과 C대학 총장이었던 이희상. 이정인이 C대학 다닐 때 '경영학 개론' 수업을 한 학기 들은 적이 있었고, 대학 홈페이지에 성빈 교수 퇴진에 관한 글을 올린 직후 한번 보자고 해서 본 적이 있는 인물, 이희상이 무슨 일인가를 꾸미고 있음을 직감했다.

"행장님, 이거 제가 자주 모셔야 하는데 정말 죄송합니다. 오랜만에 뵙겠습니다. 그래, 우리 지역 먹여 살리시느라 얼마나 고생이 많으십니까?"

자리를 주도하는 건 역시 이희상이었다.

"아닙니다. 학교 일로 많이 바쁘실 텐데 이렇게 시간 내주시니까 저희가 영광이지요. 이쪽은 평강동 지점을 맡고 있는 김기석 지점장이고, 그리고 말씀하신 이정인 씨입니다."

행장이 소개를 하자, 이희상이 이정인에게 슬쩍 눈길을 보내며 건배를 제의했다.

"김 지점장님, 반갑습니다. 우리 이정인 씨는 이미 잘 아는 사이고요. 자, 모두 우리 지역 사회를 위해 애쓰시는 분들인데 일단 거국적으로 한잔 합시다."

한 상 잘 차려진 음식에 양주가 몇 잔 돌았다. 의미 없는 의례적인 인사와 덕담 그리고 어색함을 상쇄시키기 위한 의도적인 웃음소리가 간헐적으로 이어졌다. 행장은 뭔가 어울려 보이지 않는 이 저녁 자리의 연유가 무엇인지 이희상의 눈치를 계속 살피고 있고, 지점장은 어색한 몸짓으로 그런 행장의 눈치를 살폈다.

"김 지점장, 이 총장님 집 어른은 잘 알고 있지?"

행장이 슬쩍 화제를 돌렸다.

"그럼요. 우리 지역에서 해송 선생님 모르면 간첩이죠. C대학을 전국적인 사학명문으로 발전시키셨고, 아마 해송재단에 속해 있는 전문대학과 중고등학교만 해도 대여섯 개되지요. 우리 C시가 교육도시로 알려지게 된 게 해방 이후이 총장님 집안의 교육 사업을 통해서 다 이루어진 거 아닙니까. 거기다가 이 총장님 조부님께서 옛날 보릿고개 때마다 가난한 사람들을 위해서 구제사업 하신 건 우리 지역의 아주 큰 자랑거리로 전해지고 있고요. 요즘 젊은 사람들이 우리 지역의 그런 좋은 전통에 대해서 잘 모른다는 게 참 안타까운 일이지요."

역시 지점장은 눈치가 빠른 사람이었다. 행장의 의도를 잽싸게 알아차리고 아주 시원하게 립 서비스를 날렸다.

"그렇지. 그리고 우리 은행 입장에서도 총장님 집안은 대대로 우리 지역 최고의 고객이시니까 우리가 잘 모셔야 됩니다. 총장님, 그러니까 뭐 필요한 게 있으시면 마음 푹 놓으시고 저희들 심부름 시키셔도 됩니다."

"이렇게 과찬의 말씀을 들으니까 제가 몸 둘 바를 모르겠습니다. 이거 부끄럽습니다. 하하하."

이희상이 만면에 웃음을 지었다. 분위기가 자신의 의도대로 흘러가는 것에 무척이나 만족한 표정이었다.

"행장님과 지점장님께서 이렇게 말씀을 잘해주시니까 아주 기분이 좋습니다. 제가 개인적으로 여기 이정인 씨를 좀 알고 있는데, 젊은 분이 아주 예의도 바르고 자기 소신도 있고 참 능력이 있는 것 같습니다. 그래서 제가 이정인 씨에게 개인적으로 일을 좀 시켰으면 합니다만……."

적절한 타이밍에 이희상은 그의 속내를 털어놓았다.

"총장님, 그러니까 여기 이정인 씨가 좀 필요하다 이런 말씀이십니까?"

행장은 예상 밖의 부탁임에도 불구하고 순간적으로 어려운 일은 아니라고 머릿속으로 계산을 했다. 그리고 이 문제는 절차상 지점장의 권한이라는 것을 생각하며 용의주도한 순발력을 보였다.

"김 지점장, 이 총장님 말씀이 여기 이정인 씨 도움이 좀 필요하신 것 같은데, 어떻게 지원해 드릴 방법이 있겠지?"

"그럼요. 저희가 브이아이피 고객이 필요한 경우에 직원이 출장업무를 나가는 경우도 자주 있는 일입니다. 규정에도 있는 일이고 전혀 문제될 거 없습니다. 오히려 저희 직원을 그렇게 좋게 평가해 주시니까 제가 감사드릴 일이지요."

행장과 지점장은 꼭 말을 맞추고 나온 사람들처럼 척척 손발이 맞았다.

"총장님, 우리 김 지점장 얘기 들으셨죠. 저희 은행 일이라는 게 고객을 위한 서비스가 최우선 과제인데, 요즘 은행 안에서만 일을 보던 시대는 이미 지났습니다. 고객이 필요로 하면 언제 어디든 달려가야죠. 더군다나 이 총장님 같은 브이아이피 고객이 필요로 하는 일은 저희 은행이 적극 지원을 해드리는 게 당연한 일입니다. 그런데 이 총장님, 우리 이정인 씨는 어떻게 아시고 이렇게 콕 사람을 찍어서까지 부탁을 하시는지…….”

“아, 그거야 제가 사람 보는 눈이 좀 있질 않습니까.”

저녁식사 자리가 점차 술판으로 변해갔다. 이희상이 연거푸 술잔을 돌렸고, 막판에는 폭탄주가 몇 잔 돌았다. 이정인에게 연속해서 잔이 돌아왔다. 행장과 지점장은 숙제 하나를 가볍게 해결하고 나자 기분이 아주 좋아진 듯 넥타이까지 풀어 젖히고 술잔을 주거니 받거니 흥이 났다. 술이 약한 이정인은 정신을 바짝 차렸지만 점차 몸이 말을 듣지 않았다. 몽롱한 기운이 온몸을 감쌌다. 저녁식사 겸 술자리를 끝내고 음식점을 나서자, 이희상은 이정인을 집에 데려다 주겠다며 자신의 자동차에 태웠다. 이미 계산된 행동이었다. 그리고 달리는 자동차 안에서 이희상은 속삭이는 목소리로 술에 취한 이정인의 귀속에 대고 은밀한 제안을 했다.

은밀한 제안

C대학 국제관 이층에 자리한 국제회의실이 어수선한 긴장감에 싸였다. 대부분의 보직교수를 비롯한 200여 명의 교수들과 교직원들이 앞줄 중앙에 자리를 차지하고 있고, 학생회 간부들 중심으로 수십 명의 학생들이 뒷자리에 앉았다. 자리 중간 중간에 몇몇 시민단체 대표와 회원들이 보였고, C대학 동창회 임원들도 한쪽 자리를 차지하고 있었다. 취재를 나온 카메라 기자들이 여기저기서 셔터를 눌러댔다. 지역 사회의 높은 관심을 반영하는 듯했다.

교수회 주관의 총장 후보자 토론회에 나온 연단 위 두 후보는 어색한 표정이 역력했다. 두 사람은 가볍게 악수를 나눈 후 객석과 마주보는 지정된 자리에 앉아 토론이 시작되

길 기다리고 있었다. 탁자 위에 놓인 물을 들이켜기도 하고, 각자 준비한 자료를 들여다보기도 했다. 이들 후보자를 바라보며 질문할 5명의 교수들이 자리에 앉아 있었다. 지금 이 시간만큼은 '갑'의 입장인 듯 자못 표정이 근엄하다.

성빈은 무대 천장에서 쏟아지는 조명 불빛을 바라보았다. 눈이 부셨다. 만감이 교차하는 것 같지만 머릿속은 하얗게 빈 듯했다. 이 자리에 앉아 있다는 사실이 별로 받아들여지지 않았다. 1년에 한두 번쯤 관심 있는 학회나 세미나가 열릴 때 객석에 앉아 보기는 했지만, 막상 무대 위의 주인공이 되고 보니 기분이 묘했다. 대중의 시선을 받는다는 게 마치 여름에 겨울옷을 입은 듯 몹시 불편했다. 학생들에게 강의를 하거나 때로 집회에서 연설하는 것과는 전혀 다른 느낌이었다. 에어컨 시설이 잘돼 있는 국제회의실이긴 해도 조명불빛 탓에 무대 위 온도가 꽤나 높았다. 성빈의 이마에 살짝 땀이 맺혔다. 사회자가 토론회를 시작하기 전 청중들에게 토론회 중간에 박수를 치지 말 것 등 몇 가지 주의사항을 당부했다.

바로 그때 두 여자의 얼굴이 성빈의 눈에 들어왔다. 오른쪽 뒷자리에 앉은 아내 서영교와 왼쪽 뒷자리의 정은채가 거의 동시에 보였다. 수백 명의 청중들 가운데 마치 두 사람에게만 스폿 라이트를 비춘 듯 너무도 또렷하게 두 얼굴이 그의 눈에 들어왔다. 무덤덤했던 그의 가슴이 뛰어올랐다. 그리고 머릿속으로 투 트랙의 영화 필름이 돌아가듯 두 개의 영상이 떠올랐다.

한쪽 영상은 성빈이 다녔던 봄날의 K대학 캠퍼스와 화강암으로 지어진 도서관, 신혼 초에 살았던 아기자기한 아파트, 검정색 오디오 세트, 그리고 서영교의 절규하는 표정이 이어졌다. 또 다른 영상은 연두색 머플러와 랭보의 마른 얼굴, 연구실 책상 위의 향기 나는 필통과 아라비카 인스턴트 커피 봉지 그리고 정은채의 단발머리 얼굴이 파노라마처럼 이어졌다. 성빈의 머릿속은 일순간 뒤죽박죽이 되고 말았다.

성빈은 2시간 가까이 이어진 토론회가 어떻게 진행되었는지도 잘 몰랐다. 토론회 끝을 알리는 청중의 박수소리를 들으며, 성빈은 비로소 현실감각을 찾았다. 토론회 처음과 마찬가지로 두 후보 간의 어색한 악수가 끝나고, 연단 바로 아래에 있던 양측 지지자들이 우르르 몰려나오고, 그리고 저마다 인사치레하는 소리로 왁자지껄했다. 성빈은 얼른 객석 뒷자리로 눈을 돌렸다. 오른쪽 왼쪽을 번갈아 두리번거렸다. 바로 그때였다. 아내 서영교가 눈앞에서 불쑥 손을 내밀었다.

"수고했어요."

기억에도 가물거리는 아내의 웃음 띤 얼굴이었다.

"……"

성빈은 너무 의외여서 아무 말도 하지 못했다.

"뭘 그렇게 놀라. 하루 휴가 내고 내려왔어요."

"응? 아, 그래. 고마워."

경제학과 윤 교수를 비롯한 정추위 멤버들이 그의 주위를 둘러싸자 아내와의 대화는 끊어졌다. 성빈이 계속해서 고개를 돌려봐도 정은채의 얼굴은 찾을 수가 없었다. 여기저기서 박수가 터져 나오고 웃음소리도 이어졌다.

"성 교수님, 토론회 한 번으로 대세는 기울어진 것 같습니다."

"역시 우리 성 위원장님은 준비된 총장 후보세요!"

"자, 우리 모두 수고하신 성 위원장님 위해서 크게 박수 한번 칩시다!"

박수와 환호 사이로 서영교가 휴대폰을 손짓하며 나중에

전화를 하겠다는 사인을 보냈다. 20여 명의 정추위 멤버들에 둘러싸여 성빈은 국제회의실을 나섰다. 복도 여기저기서 그를 알아보는 학생들이 박수를 보냈다. 토론회 한 번 끝났을 뿐인데, 성빈 후보 측 분위기는 이미 선거에서 승리한 듯했다.

그도 그럴 것이 교수회에서 양 후보 진영의 의견을 취합해 엄정하게 패널 교수들을 선정했지만, 정작 토론회에 나선 5명의 교수들 중 3명 이상이 성빈 후보를 지지하는 토론 자세를 견지했다. 또한, 구 재단 측 후보로 나온 경영대학장은 교수들의 날선 질문에 연신 당황했고, 토론회 막판에 질문자들에게 흥분하는 등 스스로 무너지는 모습이었다. 한 교수가 성빈 후보의 성희롱 의혹과 관련된 질문을 했지만, 오히려 이 질문 자체가 청중으로부터 야유를 받았고, 이에 대해 굳이 해명할 필요조차 없을 만큼 토론회 분위기는 성빈에게 우호적이었다. 정추위가 생각한 것 이상으로 대세는 기울어진 듯했다.

그러나 이건 토론회의 분위기일 뿐이었다. 투표권을 가진 45명의 선거인단이 최종적으로 누구에게 표를 던질지는 전혀 별개의 문제였다. 각 단과대학을 대표하는 교수들 다수는 정추위 측 후보인 성빈을 지지한다고 해도 학교 외부의 투표권자인 지역 사회를 대표하는 인사들과 시민단체, 동창회 그리고 언론사 대표들이 어느 쪽을 선택할지는 미지수였다. 또한 재단 쪽 성향이 강한 교직원 대표들의 표는 기대하기가 어려웠다. 지역에서 막강한 영향력을 행사하는 이희상 집안은 결코 만만하게 볼 상대가 아니었다. 예상되는 선거인단에 대한 전방위 로비가 이미 시작되었고, 동물적으로 집요한 이희상은 이정인까지 그의 음모에 끌어들인 상태였다.

그날 밤 성빈이 정추위 소속 교수들과 토론회 뒤풀이 자리를 끝낼 무렵, 아내 서영교로부터 전화가 걸려왔다.

"저녁 자리 아직 안 끝났어? 난 여기 지사에서 시간 보내다가 지금쯤이면 식사모임 끝났을까 해서 전화하는 거야. 오늘 자고 가려고 하는데 당신 숙소로 가도 될까?"

성빈이 어색한 분위기를 벗어나기 위해 냉장고에서 먹다 남은 소주병과 육포 몇 조각을 꺼내왔다. 응접실 테이블에 소주잔 두 개를 올려놓고 실로 오랜만에 두 사람이 자리를 같이했다. 그것도 아내가 스스로 찾아온 두 사람의 술자리는 아주 먼 옛날의 일로 기억 저편에서 건너온 듯했다.

서영교가 먼저 말문을 열었다.

"사실, 오늘 여기 내려오기까지 많은 생각을 했어. 그런데 내려와서 당신하고 이렇게 마주앉으니까 막상 무슨 말을 어떻게 해야 할지 잘 모르겠네. 우선 당신한테 확인하고 싶은 게 있는데, 우리가 이렇게 된 게 당신은 내 잘못이라고 생각해?"

동그란 눈으로 자신을 쳐다보는 아내의 얼굴을 마주보며 성빈은 말문이 막혔다. 아내의 입에서 나온 첫 일성이 두 사람이 이렇게 된 게 누구의 잘못이냐는 공격적인 질문에 어떻게 대답해야 할지 당황스러웠기 때문이다. 지금의 상황이 화해를 위한 것인지 아님 또 다른 갈등의 전조인지 헷갈렸다. 확실히 서영교는 변했다. 그게 20년간의 치열한 직장생활의 결과인지 아님 오랜 기간 부부 사이의 불화에서 비롯된 것인지는 알 수 없지만, 분명한 건 그녀는 이제 옛날의 서영교가 아니라는 사실이었다.

짧게 자른 커트 머리와 전문직 커리어 여성의 냄새가 물씬 풍기는 감청색 슈트 상의, 살짝살짝 가슴 위로 내보이는 진주 목걸이와 고급스러운 디자인의 보석 반지, 그리고 파란색 명품 가방 등의 외형적 모습은 오래전부터 알았던 그녀의 모습과는 아주 다른 것이었다. 자연스럽고 자유분방했던 옛날의 흔적은 찾아볼 수 없고, 세련되게 꾸며지고 규격화된 새로운 서영교. 그리고 무엇보다 그녀는 자신감에 차 있었다. 옅게 화장한 얼굴에 살짝 주름살이 잡히긴 했지만 그건 오히려 상당한 연륜과 안정감을 말해주는 듯했고, 무엇보다 남편을 바라보는 그녀의 눈빛은 조금의 흔들림도 없이 아주 당당했다. 성빈이 무슨 대답이라도 해야만 하듯 그녀의 강한 눈빛이 압박을 가하고 있었다.

"음, 난 지금 와서 누가 뭘 잘했고 잘못했고 얘기하는 게 무슨 의미가 있는 건지 잘 모르겠어. 꼭 대답을 원한다면, 난 이미 어느 때부턴가 나와 다른 사람을 비교해서 잘잘못을 평가한다거나 혹은 누굴 원망하는 것으로부터 어느 정도는 자유로워진 것 같아. 그냥 나에게 주어진 상황에 따라 하루하루를 살아가려고 해. 당신과 나와의 좋지 않았던 기억들, 마음에서 털어낸 지 꽤 오래됐어. 물론 이렇게 되기까지 나 스스로 엄청나게 자책했고 때로는 견딜 수 없을 만큼 괴로운 시간들을 겪어야만 했지. 그런데 언제부턴가 차츰 그런 나로부터 자유로워지기 시작했어. 안 그러면 살아갈 수 없었으니까……. 이 정도론 대답이 안 될 텐데, 미안해. 듣고 싶은 대답이 아니었다면."

"무슨 도 닦는 사람처럼 얘기하시네. 알았어. 나도 굳이 꼭 무슨 대답을 들으려고 하는 건 아니니까 너무 부담 가질 필요는 없어. 인간이란 어차피 다 자기 입장에서 살아가는 거잖아. 나도 과거에 연연하고 싶지 않아. 지금 그럴 시간도 없고, 그럴 필요도 없어. 하지만 그렇다고 해서 난 우리가 아무 일도 없었던 것처럼 옛날로 돌아갈 수 있다고는 생각 안 해. 당신 여기에 대해선 어떻게 생각해?"

성빈은 탁자 위의 소주잔을 천천히 들어서 단숨에 마셨다. 술맛이 썼다.

"나한테 물어보지 말고, 먼저 당신 생각을 말해봐."

대답 대신 바로 되돌아온 질문에 서영교는 살짝 놀라는 듯했다.

"음, 내가 좀 다그치듯이 물은 건가? 그렇게 들렸다면 미안해. 본의 아니게 내가 말투가 좀 그런 것 같네. 난 우선 당신 생각을 알고 싶은 것뿐이야. 그래, 내 생각을 얘기할게. 난 우리 부부 관계, 좋았던 과거처럼 돌아가긴 어렵다고 생각해. 우린 너무 멀리 와버렸으니까. 하지만 난 우리 부부 관계, 굳이 깨고 싶지도 않아. 남들도 우리처럼 쇼윈도 부부처럼 살아가는 사람들 정말 많아. 다들 그럴듯하게 보란 듯이 살아가는 것 같지만 막상 들여다보면 다들 문제투성이잖아. 남들한테 잘 보이고 싶어서 그냥 억지로 위선적으로 살아가는 것뿐이지. 그러니까 우리도 그냥 현실 인정하고 편하게 살아갔으면 해. 남들한테 해가 되지 않는다면 때로 위선도 필요악이라고 생각해. 꼭 필요하다면 부부동반 모임에도 같이 나가고, 서로의 입장 세워줄 때 세워주고. 그렇게 남들처럼 좀 편하게 살아가잔 얘기야. 굳이 지금처럼 냉랭하게 굴 필요 없이, 상처 줄 필요도 없이 말이야."

인간은 참으로 적응력이 강한 동물이다. 변신의 대명사인 카멜레온은 상황에 따라 몸의 색깔을 바꾸며 적으로부터 자신을 보호하고, 낙타는 사막에서 살아남기 위해 등에 난 혹에 지방을 비축해서 일주일 가까이 수분과 영양분을 공급하며, 독수리는 사람보다 몇 배나 좋은 시력으로 높은 하늘 위에서도 땅의 먹잇감을 자유자재로 사냥을 한다. 이런 동물들의 적응력은 생사를 넘나드는 동물들의 세계에서 그야말로 생존 그 자체를 위한 것이다.

그런데 인간은 생존을 뛰어넘는 보다 복합적이고도 다양한 고도의 적응력을 보여준다. 인간은 다른 동물과는 차원이 다른 인간적 욕구 충족을 위해, 그러니까 다른 사람들보다 더 행복하고 더 잘살기 위해, 다른 사람들을 지배하기 위해, 혹은 더 많은 걸 소유하고 누리기 위해, 때로는 사랑을 쟁취하기 위해 상상할 수 없을 정도의 엄청난 적응력을 보여준다. 그중의 하나가 상대방을 사랑하지 않으면서도 함께 살아갈 수 있는 고도의 적응력을 가졌다는 점이다. 사랑하지 않으면, 서로를 필요로 하지 않으면 이별하는 게 자연의 이치이다. 그런데 인간은 서로 사랑하지 않으면서도 함께 살아갈 수 있는 탁월한 적응력을 지녔다. 자신의 본능까지도 필요에 따라 적당히 제어할 수 있는 특별한 능력을 가진 셈이다.

성빈은 아내 서영교로부터 마치 은밀한 제안을 받은 것처럼 느껴졌다. 사랑하지 않는데도 불구하고 남들에게 당당하게 보이면서 잘 살아 보자는 은밀한 거래. 총장 후보가 되는 게 싫었지만 동료교수들과 서로 상처 주지 않고 잘 살아가기 위해 그가 정추위의 제안을 받아들였던 것처럼.

두 사람이 어색한 자리를 함께하며 서로의 속내를 주고받고 있는 바로 그 시간, 성빈의 숙소 아파트 지하주차장에선 또 다른 극적인 상황이 연출되고 있었다. 이정인이 성빈의 자동차 밑바닥에 드러누워 첩보영화에서나 나올 법한 자동차 위치추적기를 매달고 있었다. 그의 얼굴에선 땀이 비 오듯 쏟아지고 손은 떨렸다. 담뱃갑 크기의 위치추적기를 엔진 모서리 안쪽 부분에 완벽하게 부착시키고 온 스위치가 작동되는 것을 확인하고 나자 이정인은 자동차 밑바닥에서 조심스럽게 모습을 드러냈다. 검은 점퍼차림에 모자를 깊이 눌러쓴 그는 좌우를 살피더니 숙달된 프로처럼 주차장 천장에 매달린 감시용 카메라 각도를 피해 그림자처럼 주차장을 빠져나갔다. 마치 어두운 밤일에 최적화되어 있는 사람처럼.

은행장, 지점장 등과 함께 술자리가 있었던 날 밤, 이희상은 달리는 자동차 안에서 이정인에게 C은행 본사 근무와 승진을 미끼로 성빈의 치명적인 약점을 캐달라고 했고, 차량 위치추적기를 달면 그렇게 어려운 일도 아닐 거라고 구체적인 방법까지 알려주었다. 마치 범죄 집단의 보스처럼 은밀한 거래를 제안했지만 이정인이 이희상의 제안을 마음에 넣어둔 것도 아니었다. 문서나 구두로 동의를 한 것도 아니니까 거래가 성립된 것도 아니었다. 그러나 이정인의 행동은 이희상의 은밀한 거래를 받아들인 결과가 되고 말았다. 그

것은 오로지 이정인의 한 여자를 향한 맹목적인 사랑, 그리고 그 사랑을 지키기 위해서라면 어떤 수단과 방법도 마다하지 않겠다는 불같은 의지와 신념 때문이었다. 목숨만큼 아끼고 사랑했던 그녀가 자신이 아닌 다른 사람을 마음에 두고 있다는 사실을 그는 받아들일 수가 없었다. 그리고 정은채의 성빈을 향한 마음이 사랑이라는 걸 확인한 순간, 이정인의 가슴속에는 단 한 번도 느껴본 적 없는 분노의 불길이 타오르고 있었다. 스스로 제어할 수 없는 광기 어린 불길이었다.

바다에 가는 이유

　　아침부터 몇 명의 아이들이 아파트 단지 안 놀이터에서 놀고 있었다. 대부분 학교에 다니지 않는 꼬맹이들이었다. 요즘엔 중고등학생은 말할 것도 없고 초등학생만 돼도 이런 놀이터에서 잘 놀지 않는다. 피시방에 가거나 분식집 아니면 햄버거, 피자집 등에서 또래집단을 형성하고 자기들만의 영역을 확보한다. 그러니 이런 아파트 놀이터는 집안 외에는 별달리 갈 곳 없는 가장 어린 꼬맹이들 차지가 된다. 물론 이런 꼬맹이들조차도 일과가 빡빡하기 때문에 유치원이나 어린이집이 방학 기간 중일 때에만 모습을 드러낸다.

　　대여섯 살로 보이는 사내아이가 서너 살로 보이는 몇 명의 아이들 대장인 듯 열심히 지시하고 가르치며 함께 모래로 성을 쌓고 있었다. 꼬불꼬불 길게 성을 쌓고 그 안에 자기들 세계를 구축하고 싶은 모양이다. 성 안에는 조그맣게 집도 지어졌고 집안에는 돌멩이와 나뭇잎으로 만든 나름대로의 가재도구도 장만돼 있었다. 아이들의 얼굴에서는 자신들의 작업에 제법 만족한 표정이 엿보였다. 아이들은 모래 성안에 옹기종기 앉아 각자의 역할 분담을 하는 듯했다. 대장아이가 한참 뭐라고 얘기하더니 또다시 각자 열심히 모래를 팠다. 이제부턴 또 무엇을 만들까? 아이들이 함께 노는 모습이 아침 햇살에 평화롭게 보였다.

성빈은 아침부터 오랫동안 숙소 아파트 놀이터 구석의 벤치에 앉아 있었다. 손에는 상가 편의점에서 사온 담뱃갑과 라이터가 들려 있었다. 담배를 끊은 지 이미 4, 5년이 지났는데 그는 오늘 아침 간절히 담배를 피우고 싶었다. 어젯밤 아내를 만난 이유 때문인지 아님 총장 선거를 앞둔 심적 부담 때문인지 자리에서 일어나자마자 편의점에서 담배 한 갑을 사들고 줄곧 벤치에 자리를 잡고 있었다.

꼬맹이들의 놀이를 한참 동안 바라보던 성빈이 마침내 무슨 의식을 치르듯 새끼손가락으로 은박지를 벗겨내고, 담배한 개비를 입에 물고, 그리고 한 손으로는 바람을 막으며 또 다른 손으로 라이터 불을 켰다. 한 모금 깊이 담배를 빨아 당겼다. 담배연기가 코를 통해 목구멍으로 빨려들어 왔다. 빈속이어서 그런지 담배 한 모금의 공격이 심하게 전해졌다. 기침을 몇 번 내뱉었다. 또 한 모금을 빨았다. 머리가 어지러워지다가 온몸이 깊은 수렁에 빠지는 듯 아득해지는 느낌이었다. 하늘을 올려다보았다. 하늘이 빙글빙글 돌았다. 그는 몰래 하던 나쁜 짓을 그만둘 때처럼 얼른 담뱃불을 껐다.

한동안 가만히 앉아 있으니 차츰 머리가 맑아졌다. 그리고 제정신이 돌아오자 또 온갖 생각들이 비디오 영상들처럼 자동으로 떠올랐다. 여러 그림들이 겹쳐져 그의 머릿속을 어지럽혔다. 산다는 게 모든 걸 다 결정해놓으면 얼마나 재미없을까, 하며 살아왔지만 결정하기 싫은 일들을 어쩔 수 없이 결정해야 한다는 사실이 온몸을 짓눌렀다. 어떤 일이든 진심을 다하면 결과는 상관이 없다고 말하지만, 선택한 결과에 따라 진심은 냉혹하게 짓밟히고 마는 게 바로 이 세상 이치가 아닌가. 그래서 산다는 게 어려운 일인지도 모르겠다. 아내와의 관계가 지금까지도 비정상적이었지만 앞으로의 관계 또한 지금보다 더 비정상적일 수 있다는 생각에 성빈의 마음이 더욱 무거워졌다. 진심으로 살아가는 것도 또 위선으로 살아가는 것도 모두 다 어려워 보였다. 어떤 선택을 해도 후회할 수밖에 없는 현실이 그를 몹시도 답답하게 만들었다.

손에 들려진 담뱃갑을 바라보며 담배를 왜 다시 피워야만 했는지, 순간이긴 하지만 담배 한 개비에 의지하는 자신의 모습에 성빈은 쓴웃음을 지었다. 담배연기를 인생에 비유한 대중가요 노랫말이 생각났다. 산다는 게 사라지는 담배연기처럼 다 그런 거지 뭐. 노랫말을 읊조리며 스스로를 위로해 보지만 결코 위로가 되지 않았다. 그는 벤치에서 벌떡 일어났다. 담뱃갑과 라이터를 쓰레기통에 버렸다. 그리고 휴대폰을 꺼내들었다.

"우리 지금 바다 보러 갈까?"

바다는 사람을 침묵하게 만든다. 망망대해 앞에서 인간은 자신의 존재가 얼마나 작은지 한순간에 알아차리게 된다. 지금 겪고 있는 엄청난 기쁨 혹은 말 못할 슬픔도 바다 앞에 선 한낱 티끌처럼 그 의미를 상실해버린다. 그래서 바다 앞에 선 사람은 자신의 생각과 말, 모습까지도 모두 망각하게 된다. 머릿속 온갖 번민과 가슴속 숱한 격정들도 바다가 간직한 무한한 심연 속으로 산산이 흩어져버리고, 결코 닿을 수 없는 수평선과 수평선에 맞닿은 하늘 그리고 끊임없이 이어지는 파도 소리만이 그 존재감을 드러낸다.

성빈과 정은채는 해변을 따라 이어진 소나무 숲길을 말없이 걸었다. 바닷가 모래사장에선 평일이긴 하지만 알록달록한 파라솔과 여름휴가를 즐기는 사람들이 한데 어울려 한여름의 전형적인 피서 풍경이 펼쳐지고 있었다. 서해바다는 동해와는 달리 사람들에게 훨씬 더 친화적인 느낌을 주는 듯했다. 밀려드는 파도가 전혀 위압적이지 않았다. 어린아이들이 까르르 웃으며 파도놀이를 즐기고 있었다. 밀려오는 파도에 뒷걸음질 치다가 다시 돌아서는 파도를 쫓아 바다를 향해 달음질쳤다. 지치지도 않는 듯 똑같은 행동을 반복하며 까르르댔다. 어른들도 덩달아 동심으로 돌아가는 듯했다. 알록달록한 물놀이 기구를 타고 어린아이들처럼 물장구를 치면서 아주 즐거운 표정이었다. 바다는 인간이 자신의 영역을 점령한 걸 잠시 용인하는 듯했다.

둘은 마치 바닷가의 이방인처럼 피서객들과 멀찌감치 떨어져 말없이 걷고 있었다. 이마에 땀이 맺히기도 했지만 간간이 불어오는 바닷바람 덕분에 참을 수 없을 정도는 아니었다. 자동차를 타고 두세 시간 달려왔을 뿐인데 전혀 다른 세상에 와 있는 듯했다. 피서 인파 너머로 햇살을 받은 바다가 은빛 파장을 만들어내며 끊임없이 반짝거렸다. 해안경비정 한 대가 물살을 가르며 푸른색 바다 위에 흰 포말을 쏟아냈다. 하늘엔 갈매기 몇 쌍이 한가롭게 저공비행 중이었다.

정은채가 침묵을 깼다.

"교수님, 다리 아파요."

정말 다리가 아픈 듯 그녀의 얼굴 표정이 살짝 일그러졌다. 둘은 가까이에 있는 벤치에 자리를 잡았다. 그리고 또 아무 말이 없었다. 이정인이 왜 그런 글을 올렸는지, 그런 행동에 대해 무슨 말을 했는지, 앞으로 두 사람은 그를 어떻게 대할 것인지, 그리고 무엇보다 자신들의 관계에 대해서 또 앞날에 대해서 많은 얘기들을 해야만 할 것 같았다. 하지만 말없이 바다를 바라보는 것만으로 둘은 서로를 교감했다. 굳이 말로 표현하는 게 구차하다는 걸 두 사람은 느낌으로 알고 있었다. 바다를 바라보며 마음이 평온해지는 걸 느꼈다. 그게 바다를 마주하고 있기 때문인지 아님 호흡을 느낄 만큼 둘이 가까이 있기 때문인지 명확하진 않지만, 이 순간이 머릿결을 쓰다듬는 바람처럼 한없이 편안한 건 분명했다.

성빈이 얼굴을 돌려 정은채를 바라보았다. 정은채도 얼굴을 돌려 성빈을 바라보았다. 마주보며 둘은 동시에 웃었다. 그렇게 웃다가 다시 얼굴을 돌려 멀리 바다를 바라보았다. 수평선을 경계로 거대한 바다와 거대한 하늘이 맞닿아 있었다. 서로 다른 세계, 서로 다른 영역이지만 바다와 하늘은 닮아 있었다. 원래 하나의 세계에서 둘로 나누어진 것처럼 보였다. 바다와 하늘은 서로 상대방 영역을 탐하거나 침범하지 않는다. 그럴 필요가 없다. 가진 것이 하늘만큼 바다만큼 크고 넓은데 굳이 다른 걸 욕심낼 필요가 없다. 두 사람은 문득 바다에 오면 마음이 평온해지는 이유를 깨달았다. 바다처럼 그렇게 마음이 크고 또 넓어지기 때문이었다. 아무 말 없이 그렇게 둘은 벤치에 앉아 한참 동안 바다를 바라보았다.

이번에는 성빈이 침묵을 깼다.

"우리 몇 년 전 봄에 여기 온 적 있지? 그때 우리 아무 일 없었지?"

이정인은 하루 종일 휴대폰의 자동차 위치추적기 앱을 켜

놓고 눈으로 성빈을 추적하고 있었다. 사무실 책상 위 데스크 달력 뒤에 휴대폰을 세워놓고, 두 손으로는 업무를 처리하지만 마음은 온통 위치추적기의 목표물에 꽂혀 있었다.

오전 10시쯤 성빈의 자동차는 숙소 아파트를 출발했다. 20분 후 C대학에 들른 후 잠시 머물다가 서쪽 방향으로 서해안을 향해 계속 달렸다. 이정인이 점심 시간에 밥을 먹고 자리에 돌아와 앱을 확인해 보니, 목표물은 안면도의 꽃지 해수욕장 근처에 멈췄다. 그리고 2시간째 꼼짝을 하지 않았다. 오후 3시쯤 돼서 목표물은 다시 움직이기 시작했다. 6시 퇴근 무렵 목표물은 갔던 길을 되돌아와 다시 C대학에 멈추어 섰다.

이정인은 반사적으로 이제 움직여야 할 때라고 판단했다. 성빈의 집으로 갈 것인지 정은채의 집으로 갈 것인지 잠시 망설였다. 과장에게 급한 일로 먼저 퇴근해야겠다고 말하고 서둘러 사무실을 나섰다. 주차장으로 내려가 자동차에 앉자마자 있는 힘을 다해 시동을 걸고 전속력으로 달렸다.

정은채가 사는 아파트에 도착하자 이정인은 휴대폰의 위치추적 앱을 작동시키고 목표물의 현재 위치를 파악했다. 아, 판단 미스였다. 성빈의 자동차는 그의 숙소를 향해 달리고 있었다. 핸들을 잡은 채 그다음 행동을 어떻게 해야 할지 망설이는 순간, 자동차 유리창 너머로 눈에 익은 정은채의 흰색 자동차가 아파트 지하주차장으로 미끄러져 들어가고 있었다. 이정인의 머릿속이 빠르게 움직였다. '둘은 오전에 각자의 자동차로 학교에서 만나서, 성빈 교수의 자동차로 서해바다까지 간 후, 그곳에서 2시간쯤 함께 머물다가 다시 학교로 돌아온 후, 각자의 자동차를 타고 집으로 돌아가고 있다.'는 그림이 그려졌다. 그렇다면 둘은 서해바다 꽃지 해수욕장에서 2시간 동안 뭘 하다가 돌아왔을까? 그냥 차안에 있었을까? 아니면 차를 세워 놓고 둘은 어디에 들어갔을까? 해수욕장 주변의 카페? 음식점? 혹시 모텔에 들어간 건 아닐까? 온갖 상상들이 이정인의 머릿속을 어지럽혔다.

이정인의 입안이 바짝바짝 말라 왔다. 다음 행동을 어떻게 해야 할지 판단이 잘 서지 않았다. 정은채가 주차장에서 나오면 그녀를 붙들고 어디에 갔다 왔냐고 다그칠 것인가? 아님 그냥 이 근처를 지나다가 들렀다고 할까? 아니다. 아직 그녀를 만날 때가 아니었다. 그녀를 만나 무슨 말을 해야 할지 또 그녀에게서 어떤 말을 들어야 할지 아직 아무것도 정해지지 않았다. 그렇다면 지금 성빈 교수를 만나러 갈 것인가? 그를 만나서 뭐라고 말할 것인가? 온갖 생각들이 동시에 떠올랐지만 어느 것도 선뜻 결정할 수가 없었다. 그때 정은채가 주차장에서 걸어 올라와 아파트 현관문으로 들어가고 있었다. 변함없는 단발머리, 창백할 만큼 하얀 얼굴, 흰색 블라우스에 청바지를 입은 그녀가 아주 멀게 느껴졌다. 8년의 긴 세월 동안 셀 수 없을 만큼 그녀와 함께 이곳에 왔었는데, 지금은 그녀에게서 자신의 모습을 숨기고 있는 신세가 돼버리고 말았다.

그녀가 현관문으로 사라졌다. 목숨만큼 사랑한 그녀가 눈앞에서 사라졌다. 이정인은 그녀에게 아무 말도 하지 못했다. 그녀를 붙잡지도 못했다. 그의 눈에서 눈물이 뚝 떨어졌다. 계속해서 눈물이 흘렀다. 눈물을 닦을 마음도 생기지 않았다. 그는 그냥 울었다. 아무 생각도 나지 않았다. 지금 무엇을 해야 하는지 앞으로 또 어떻게 살아가야 하는지 아무 생각이 나지 않았다.

사랑의 모습

정은채는 엘리베이터를 타지 않고 아파트 계단을 하나하나 아주 느린 걸음으로 올라갔다. 한 층씩 오를 때마다 복도 천정에 매달린 전등이 자동으로 켜졌다 사람이 멀어지면 자동으로 꺼졌다. 몇 달 전만 해도 그냥 컴컴한 계단을 올랐었는데 세상은 하루가 다르게 변해 갔다. 1층부터 그녀의 집이 있는 8층까지 전등불이 환하게 켜질 때마다 "그때 우리 아무 일 없었던 거지?"라고 말하던 성빈 교수의 알 수 없는 표정이 흑백사진처럼 반복되어 떠올랐다. 일은 무슨 일이냐며 그냥 얼버무렸지만 어떻게 그때 일이 아무 일도 아닐 수 있겠는가.

4년 전 C대학 부설로 '내일을 여는 다문화가정 지원센터' 설립이 진행될 때, 성빈의 권유로 지원센터의 간사를 맡았던 정은채는 정신없는 하루하루를 보내야만 했다. 시에서 운영 예산을 지원하고 대학에서는 프로그램 운영과 평생교육원 건물의 일부 시설을 제공해 시작된 이 공동 프로젝트는, 주로 동남아 지역에서 국제결혼을 통해 한국에 들어온 여성들을 대상으로 한국 생활에 실제적인 도움을 주기 위한 목적으로 추진되었다. 명목상 센터의 책임자는 부시장과 C대학 부총장 공동으로 되어 있었고, 초창기에는 성빈 교수를 비롯한 사회학과 몇몇 교수들이 운영위원으로서 기초 작업을 했다. 전문가들이 프로그램 방향도 설정하고 자문 역할을 하기도 했지만, 실무적으로 일을 진행하는 역할은 센터의 간사 몫이었다. 아무 경험이 없던 정은채로서는 힘들 수밖에 없는 상황이었다.

6개월 정도의 준비 기간을 거쳐 다문화가정 지원센터가 정식으로 문을 열고 지역의 이주 여성들을 위한 프로그램이 막 시작될 무렵, 공교롭게도 C대학의 분규가 터졌다. 학교 전체 분위기는 뒤숭숭할 수밖에 없었다. 성빈은 그때부터 재단에 맞서 싸우는 역할로 학내 분규의 전면에 나서게 되었고, 자연스레 간사인 정은채가 다문화센터를 실질적으로 이끌어가야만 했다.

　각자의 바쁜 일로 두 사람은 같은 캠퍼스 공간에 근무하면서도 서로 얼굴을 마주치는 게 쉽지 않았다. 정은채는 센터 일 맡은 걸 후회했다. 그의 곁에 있을 수 있다는 이유 때문에 간사 일을 맡았는데, 오히려 그와 함께할 수 없다는 사실이 의욕을 상실하게 했다. 그럼에도 불구하고 해야 할 일들은 밀려들었고, 후회할 겨를도 없이 모든 일들을 두 명의 직원들과 함께 처리해야만 했다. 정신없이 1년 가까운 시간이 흐른 후 다문화센터의 각종 강좌와 프로그램들은 차츰 자리를 잡아가기 시작했다. 한국어와 한국요리 강좌에는 동남아에서 이주한 여성들뿐 아니라 C대학의 유학생들도 함께 참여했고, 취업을 위한 봉제기술 강좌는 이주여성들에게 무척 인기가 높았다. 정은채는 가난한 나라에서 온 이주여성들이 활짝 웃으며 즐거워하는 모습에 가슴 뿌듯한 보람을 느끼기도 했다. 그리고 언제부턴가 이게 바로 자신이 해야 할 일이란 생각까지 하게 되었다.

　다문화지원센터 간사 업무에 적응하며 지내던 어느 날, 정은채는 아주 오랜만에 성빈에게 전화를 했다.

"교수님, 저한테 센터 일 몽땅 맡기시고 이렇게 나 몰라라 하셔도 돼요?"

"그대가 워낙 잘해줘서 이제 완전히 자리잡았잖아. 내가 다문화센터 맡긴 거 이젠 정 간사가 나한테 고마워해야 되는 거 아냐? 하여간 잘해줘서 고맙고 아주 기특해."

"별 말씀을요. 이젠 제 일이 돼버렸는 걸요. 교수님, 언제 밥이라도 한번 먹어야죠. 제가 맛있는 거 사 드릴게요."

"은채도 알다시피 내가 요즘 정신없이 살아가잖아. 수업은 수업대로 해가면서 매일 여기저기 찾아다녀야지, 재단이나 총장 쪽은 아주 요지부동이지, 나도 하루쯤 쉬고 싶은 심정이야 가득하지. 정인이 얼굴은 자주 보나? 그 친구도 꽤나 바쁘지? 언제 같이 한번 만나도록 해."

"교수님, 제가 전화했는데 왜 정인이 얘기는 꺼내세요. 아무리 바쁘셔도 저랑 밥 먹을 시간은 내주셔야죠. 아주 오랜만에 전화 드렸는데."

"그럼, 이번 주말에 데이트 약속 없으면 드라이브나 할까? 나도 요즘 내 머리가 용량 오버라서 안 그래도 바람 좀 쐬고 싶었거든."

신록의 계절이었다. 캠퍼스의 찬란한 녹색빛깔 나뭇잎들

이 정은채의 눈을 부시게 했다. 햇빛도 다정스레 느껴지고 바람결이 얼굴을 애무하는 듯했다. 늘 보던 나무이고 하늘이고 바람인데 오늘은 온통 세상이 환하게만 느껴졌다. 다문화센터가 들어서 있는 평생교육원 건물 주차장에 차를 세우고 유리창 문을 살짝 열어둔 채 정은채는 성빈을 기다렸다. 콧노래가 절로 나왔다. 그를 오랜만에 보는 것도 좋은데 같이 드라이브를 할 수 있다는 사실이 꿈처럼 달콤하게 느껴졌다. 그때 그녀의 핸드백 속에 있던 휴대폰이 울렸다.

"어디야? 어제는 미안했어. 내가 좀 많이 예민해진 것 같아. 사실 네가 다문화센터 일에 너무 빠져 있어서 난 뒷전 취급받는 것 같거든. 한번 얘기하려고 했었는데 어젠 네가 오늘도 출근한다고 해서 그만……."

"정인아. 내가 다문화센터 일하는 거 취미로 하는 거 아니잖아. 그리고 너도 은행 일로 바쁜데 너무 나한테 신경 쓰는 거 난 부담스러워. 각자 직장이 있고 또 해야 할 일이 있는데 어떻게 매일 얼굴을 봐야 한다는 거니?"

"그러니까 우리 빨리 결혼하면 모든 문제가 해결될 수 있잖아."

"그 소리는 이제 제발 그만했으면 좋겠어. 나 지금 어디

166

좀 다녀와야 하거든. 나중에 얘기해."

정은채는 서둘러 전화를 끊었다. 창밖으로 성빈의 자동차가 주차장으로 들어서고 있었다. 오늘은 피곤에 지친 그를 위해 그녀가 운전대를 잡기로 마음을 먹었다. 그와 함께라면 어디든 멀리멀리 가고 싶었다.

"교수님, 어디로 모실까요?"

"난 어디든 좋아. 일단 이 학교부터 벗어나야지."

"교수님, 우리 서해바다로 가요."

둘은 자동차로 3시간을 달려 안면도에 도착했다. 소나무 중에서 가장 아름답다는 늘씬한 미인송 군락을 지나 언덕을 하나 넘으니 한없이 넓은 가슴의 푸른 바다가 나타났다. 정은채가 바다를 끼고 아주 느린 속도로 운전을 하니 뒤따라오던 성질 급한 운전자들이 신경질적인 경적을 울리기도 하고 흘깃 쳐다보기도 하면서 위협적으로 추월했다. 해수욕장 길을 안내하는 이정표 팻말 중 '꽃지 해수욕장'이란 예쁜 이름이 눈에 띄어 무작정 그쪽으로 핸들 방향을 잡았다. 바다 쪽을 향해 조금 더 들어가니 전설을 간직한 '할미 할아비 바위'가 서로 마주보며 바다 위에 떠 있었다. 아주 옛날 이 지역에 부임한 장수 부부가 워낙 금슬이 좋아 사람들 시기가 심해졌고, 윗사람이 억지로 두 사람을 떼어놓자 부인이 너무 남편을 그리워한 나머지 바위가 돼버렸고, 나중에 남편도 부인을 따라 바위가 됐다는 전설. 어째 운명적인 사랑 이야기는 다 슬프기만 한 것일까. 성빈은 심신이 지쳤는지 언제부턴가 조수석에서 깊이 잠이 들어버렸다. 그녀는 굳이 그를 깨울 생각도 하지 않았다.

정은채는 해수욕장 근처 바닷가에 살그머니 차를 세웠다. 잠들어 있는 그의 얼굴을 가만히 바라보았다. 가까이 있어도 멀리 있는 사람처럼, 멀리 있어도 늘 가까이 있는 것 같은 사람. 한참을 바라보다 정은채는 허리를 굽혀 그녀의 입술을 그의 입술에 살짝 갖다 댔다. 순간, 그녀의 숨이 멎는 듯했다. 시간이 정지한 듯 세상도 멈춘 듯했다. 그때 그가 잠에서 깨어났다.

"음, 미안해. 은채가 운전하는 동안 내가 계속 잠만 잤나 보네. 여기가 어디지? 야, 정말 멋진데. 이렇게 차 안에서만 있을 거야. 은채, 나가 보자."

어린아이처럼 밝은 표정을 짓는 그의 얼굴을 보자 그녀의 마음도 덩달아 환해졌다. 짧은 순간 맛보았던 강렬한 전율을 아직 몸 전체에 그대로 남겨둔 채 정은채는 그를 따라 자

168

동차 밖으로 나갔다. 바닷바람이 싱그럽게 온몸을 감싸왔다. 햇살을 받아 반짝반짝 빛나는 바다가 무한한 가슴을 활짝 벌리고 모든 세상을 포용하듯 태곳적 모습 그대로 그 자리에 펼쳐 있었다. 자연이 내려주는 축복이 이렇게 아름다울 수가 있을까. 둘은 약속이나 한 듯 고운 모래사장으로 발걸음을 옮겼다. 그녀가 샌들을 벗어들자 그도 따라서 구두와 양말을 벗었다. 둘은 말없이 걸었다. 그렇게 바다를 겨드랑이에 끼고 한참이나 걸었다.

"교수님, 저 배고파요."

"점심 시간이 한참 지났네. 뭘 먹지? 바닷가에 왔으면 생선회 맛은 보고 가야지. 저기 음식점 있는 곳으로 가면 뭔가 있을 것 같은데 저쪽으로 가볼까."

서해에선 단연 우럭이란 음식점 주인의 말에 다른 선택의 여지도 없이 우럭 회 한 접시를 시켰다. 그리고 성빈은 정은채의 눈치를 살짝 보다가 소주 한 병을 호기롭게 주문했다.

"미안해요, 정 간사님. 돌아갈 땐 제가 운전을 해야 하는데 너무 소주가 당겨서……."

"교수님. 무슨 말씀을요. 아무 걱정 마시고 마음껏 드세요. 제가 교수님 모시고 운전하는 게 영광이죠. 요즘 우리 학교에 성 교수님 안 계셨으면 어떡할 뻔했어요. 학생들은 물론이고 교직원들 교수님들 할 것 없이 모두 성 교수님 칭송이 자자해요. 그런데 교수님 옛날 대학 다닐 때 운동권이셨어요? 연설할 때 포스가 장난이 아니시던데. 저는 교수님 처음에 그런 모습 보고 깜짝 놀랐어요."

"운동권은 아니고, 그냥 좀 따라다니긴 했지."

"학교는 어떻게 될 것 같아요? 재단이 쉽게 물러날 것 같진 않은데."

"글쎄 말이야. 시간이 좀 걸리겠지. 세상일이란 게 마음먹은 대로 되는 게 아니잖아. 그래서 이렇게 소주도 당기는 거고. 자, 한잔 해야지."

"전 운전 담당인데……."

"아니, 한잔인데 어때. 그리고 여기서 한참 더 있다 갈 텐데 한잔쯤은 괜찮아요. 정 간사님!"

맛이 기가 막힌다며 그는 우럭 회를 안주삼아 연신 소주를 들이켰다. 정말 술맛이 좋아 보였다. 생선회가 맛있다기보다는 소주를 마시기 위해 회를 먹는 듯했다. 뒤이어 등장한 매운탕으로 정은채는 밥을 먹고, 안주가 새로 바뀌었다면서 성빈은 소주 한 병을 더 시켰다. 밥을 먹으라고 해도 그는 소주를 밥 대신 마셨다. 소주 두 병이 다 비워지자 그의 얼굴이 꽤나 벌개졌다. 그동안 학교 일로 스트레스를 많이 받은 듯했다. 음식점을 나와 자동차 있는 곳까지 걸어가는데 그의 발걸음이 살짝 불안했다. 정은채가 성빈의 한쪽 팔을 부축하며 걸었다. 그는 아주 기분이 좋은 듯 십팔번인 존 레논의 '이매진'을 흥얼거렸다. 그는 이 노래를 할 땐 늘 제일 마음에 든다는 3절을 불렀다.

Imagine no possessions

I wonder if you can

I wonder if you can

No need for greed or hunger

A brotherhood of man

Imagine all the people

Sharing all the world

상상합니다. 소유가 없는 세상을요.

당신이 그럴 수 있을지 의문이지만요.

욕심도 없고, 배고픔도 필요 없는

한 형제처럼 말이에요.

상상합니다. 모든 사람들이

함께 나누며 사는 세상을요.

서해안에 해가 지고 있었다. 붉은 노을이 바다와 하늘을 뒤덮었다. 살짝 드리워진 구름이 붉은 햇살을 받아 타오르는 듯했다. 구름 사이로 해가 살짝 보였다. 하루 종일 하늘을 지키다 이젠 바다 속에서 잠을 자려는가. 고요한 바다 위 물결이 빛을 받으며 붉은색으로 출렁거렸다. 둘은 노을을 황홀하게 바라보며 해변 모래사장을 걸었다. 자동차가 있는 곳에 이르자 누가 먼저라고 할 것도 없이 둘은 팔을 벌려 따뜻한 포옹을 했다. 두 손으로 상대방의 어깨를 감싸 안고 서로의 체온을 느꼈다. 그리고 짜릿한 키스를 나누었다. 둘은 한참이나 그렇게 서 있었다. 성빈이 정은채의 등을 토닥거렸다.

"이제, 가야지. 한참 운전해야 할 텐데 은채 힘들어서 어떡하지?"

"……."

정은채는 아무 말 없이 자동차 문을 열고 운전석에 앉았다. 그때 해가 바다 물속으로 빨려 들어갔다.

위선偽善

아파트 엘리베이터를 타지 않고 계단으로 걸어 올라온 정은채의 숨결이 가빠졌다. 가슴도 벅차올랐다. 아주 오랜만에 그와 함께 시간을 보냈다. 달콤했던 기억까지 더해져 행복한 나른함이 온몸을 감싸왔다. 옷도 갈아입지 않은 채 그녀는 침대 위로 몸을 던졌다. 아기만한 크기의 하얀색 테디베어를 가슴에 끌어안고 다시 생각에 빠져들었다. 왜 그는 굳이 오늘, 2년 전 그때 아무 일 없었냐는 질문을 했을까.

핸드백 속의 휴대폰을 꺼내들고 문자를 눌렀다.

교수님, 잘 들어가셨어요?

응, 그럼! 은채는?

저도요. 오늘 교수님 저한테 시간 내주셔서 정말 감사해요.

내가 은채한테 감사해야지. 오늘 아주 바람 잘 쐤어. 머리가 아
주 맑아지는 기분이거든.

그런데 교수님…….

응, 왜? 얘기해. 뭔데?

아니에요. 그럼 잘 쉬세요!

그래, 안녕!

가슴에 안고 있던 테디 베어가 정은채를 물끄러미 쳐다보
았다. 까만색 눈이 슬퍼 보였다. 언젠가 제주도 여행을 갔을
때 테디 베어 박물관에서 이정인이 선물로 사준 하얀색 곰
인형. 대부분의 테디 베어는 갈색 곰 인형이지만 그녀의 눈

에 반짝 띄었던 눈처럼 하얀 빛깔의 테디 베어가 오늘은 마냥 슬프게만 보였다. 그녀의 가슴이 답답해졌다.

정은채는 이미 오래전부터 이정인에 대한 죄책감을 간직하고 있었다. 그녀의 마음은 언제부턴가 다른 사람으로 가득차 있는데, 어쩔 수 없이 만나야 하고 얼굴을 봐야 하고 대화를 해야 한다는 현실이 그녀의 마음을 늘 불편하게 했다. 그래서 남몰래 괴로워했고, 또 가슴 아파야만 했다. 이정인의 사랑이 깊다는 걸 알기에, 아니 인간에 대한 최소한의 예의는 지켜야 했기에 마음속 갈등과 죄책감을 그대로 받아들이며 오랜 세월을 그냥 보낼 수밖에 없었다. 이제 그만 만나자고 격렬하게 이별선언까지 했지만 가슴은 더욱 먹먹하기만 했다. 그에 대한 미안함은 변함없이 지속되었고, 원망과 좌절과 애처로움이 가득찬 그의 눈빛이 그녀의 마음을 짓누르고 있었다.

그녀는 자신을 향한 이정인의 변함없는 사랑을 잘 알고 있었다. 불처럼 뜨겁지만 그 뜨거움이 결코 식어본 적이 없다는 걸 너무도 잘 알았다. 군복무 기간 2년 반을 제외하고 그녀의 주변을 한결같이 지켜왔고, 단 며칠만 얼굴을 보지 못해도 마치 열병을 앓는 것처럼 정신을 못 차리는 사람. 오죽하면 서울 근교에서 신입사원 연수를 받을 때도 밤에 몰래 빠져나와 자동차를 몰고 두세 시간 거리의 그녀의 집까지 달려왔을까.

그런 이정인이 C은행에 취직한 후 얼마 되지 않아 아주 당연한 듯 결혼하자고 했을 때 정은채는 스스로 자신의 반응에 놀라지 않을 수 없었다. 그의 프러포즈를 받아들이는 건 둘의 관계에선 너무도 자연스런 통과의례였고, 비록 마음속 약간의 흔들림이 있다고 해도 그렇게 가야만 하는 길이었다. 그런데 그녀는 그의 프러포즈를 받아들일 수가 없었다. 아니 그녀의 마음이 허락하질 않았다. 조금만 더 시간을 갖자고 얼버무렸지만 그녀 스스로도 자신의 예기치 않은 행동에 놀라지 않을 수 없었다.

그녀의 마음속엔 이미 커다란 나무 한 그루가 자라고 있었다. 짙은 녹색 빛깔의 무성한 잎사귀와 붉은색 열매가 타원형 포도송이처럼 주렁주렁 매달린 그녀의 마음속 나무는 아르헨티나의 향기 그윽한 커피나무였다. 성빈 교수 연구실에서 원두커피를 끓이며 그 사람과 그 향기에 점차 중독되어 갔던 그녀의 마음속 깊은 곳엔 아라비카 커피나무가 굳게 뿌리를 내리고 있었다. 그 향기와 빛깔이 너무 짙어 이젠 어떤 다른 빛깔도 어떤 다른 향기도 그녀의 마음속을 비집고 들어설 수가 없었다.

그런 그녀를 이정인은 이해할 수가 없었다. 목숨 바쳐 사랑한 그녀가 언제부턴가 그녀로부터 차츰 멀어지는 걸 느꼈지만 애써 그런 느낌을 인정하고 싶지 않았다. 결혼만 하고 나면 모든 것이 다 좋아질 것이라고 믿었다. 그러나 몇 번의 프러포즈가 석연치 않은 이유로 받아들여지지 않으면서 그는 차츰 성빈이란 존재를 의식하게 되었고, 마침내 다문화가정 지원센터 행사 뒤풀이 회식 날 그의 감정은 폭발하고 말았다.

이정인은 운전석에 꼼짝없이 앉아 있었다. 흘러내리던 눈물이 그대로 얼굴 위에 말라버렸다. 이미 사방은 캄캄해졌고 아파트 유리창을 통해 마치 부분 조명을 하듯 전등불이 하나둘씩 늘어가고 있었다. 그녀가 살고 있는 8층 세 번째 집에도 환하게 불이 켜졌다. 자동차 위치추적기 앱 속의 목표물은 정지된 상태였다. 깊이 한숨을 쉰 후 그는 결심한 듯 자동차 시동을 걸었다.

같은 시각, 성빈은 생각이 복잡한 듯 거실 책상에 미동도 없이 앉아 있었다. 한 손으로 턱을 받치고 눈길은 어둠속을 응시하고 있었다. 아내는 지금까지의 갈등관계를 뛰어넘어

아예 당당한 쇼윈도 부부로 살아가자는 제안을 해왔다. 이
정인은 자신에게 학교를 떠나줄 것을 눈물로 호소했다. 후
보자 토론회가 끝난 후 정추위 소속 동료교수들은 눈앞에
닥쳐온 대단원의 막을 성빈 총장 시대란 해피엔딩으로 간주
하며 그 어떤 다른 가능성도 열어 놓지 않았다.

　성빈의 눈앞에 정은채의 얼굴이 떠올랐다. 오늘 오후 안
면도 바닷가에서 그녀에게 "2년 전 우리 아무 일 없었지?"
라고 물었던 자신의 모습도 함께 떠올랐다. 그녀와의 관계
가 도덕적으로 결코 거리낄 게 없다는 걸 애써 확인하고 싶
었던 유치함일 뿐이었다. 부끄러웠다. 얼굴이 화끈거렸다.
이정인이 "은채랑 같이 잔 건 아니죠?"라고 물었을 때 결코
그런 일이 없다고 말했지만, 그날 이후 그의 머릿속엔 이정
인의 간절한 눈빛이 깊은 잔상으로 남아 있었고, 그 잔상이
사라지지 않는 건 자신이 진실을 외면하고 있기 때문이라는
걸 그는 잘 알고 있었다. 그녀를 사랑하지 않는다고 말할 수
있을까? 위선이다. 그건 인간에 대한 최소한의 예의마저 송
두리째 저버리는 일이었다.

　성빈은 의자에서 벌떡 일어나 냉장고에서 소주병을 꺼냈
다. 물컵 가득 소주를 따라 물 마시듯 몇 모금을 들이켰다.

목줄기를 타고 몸 안쪽으로 짜르르한 반응이 전해졌다. 순식간에 온몸이 뜨거워졌다. 알코올 기운이 서서히 몸을 지배하기 시작하자 그의 머릿속을 채웠던 온갖 생각들이 마치 높이 쌓아올린 레고 조각이 무너져 내리듯 뒤죽박죽이 돼버렸다. 술 한잔으로 온갖 생각의 흐름에서 벗어날 수 있다는 건 참으로 편리한 현실도피 방법이었다. 성빈은 책상 위에 놓여 있는 휴대폰을 집어 들었다.

"네, 교수님!"

"김 사장, 바쁘세요?"

"손님들이 있긴 한데요."

"음, 조금 있다 김 사장 집에 가려고 하는데, 괜찮겠어요?"

"제가 언제 교수님 홀대한 적 있나요. 열쇠를 문 앞 화분 밑에 놔둘 테니까 먼저 들어가 계세요. 여기 어느 정도 정리되면 저도 들어갈게요. 혹시 뭐 필요한 거 있으세요?"

이정인이 아무 대책 없이 성빈의 아파트에 자동차를 세우고 2시간쯤 흘렀을 때, 현관문으로 성빈이 걸어 나오고 있었다. 전혀 의외의 상황이었다. 이 밤 시간에 어디로 가는 것일까? 이정인은 반사적으로 시동을 걸었다. 성빈 교수는 주차장으로 내려가지 않고 아파트 단지 밖으로 걸어 나가고 있었다. 도로 앞에서 걸음을 멈추고, 택시를 기다리는 듯했다. 이정인은 서둘러 기어를 드라이브 위치로 바꾸고 자동차를 움직였다. 성빈이 지나가던 택시를 불러 세웠다. 이정인은 택시를 뒤쫓기 시작했다. 이미 밤 9시가 넘은 시간이어서 도로는 막힘이 없었다. 사거리 한 곳에서 신호등에 걸려 택시를 놓칠 뻔했지만 이내 따라붙는 데 성공했다. 이정인은 크게 한숨을 내쉬었다. 온몸이 초긴장 상태가 된 이정인은 눈이 빠질세라 택시 뒤꽁무니에 따라붙었다. 어디로 가는 것일까. 택시는 학교 방향으로 달리고 있었다. 고갯길을 지나자 오른편으로 눈에 익은 캠퍼스가 어둠 속에 나타났다. 이 시간에 학교엔 무슨 일로 가는 것일까. 순간 택시는 정문을 그냥 지나쳐 후문 쪽 골목길로 들어섰다. 그리고 카페 '목련 꽃 핀 날' 앞에 멈추었다. 이정인은 멀찌감치 차를 세웠다. 택시에서 내린 성빈 교수가 카페 문 앞에서 잠깐 멈추더니 건물 내부로 통하는 출입구 계단으로 올라섰다.

"아!"

순간, 이정인의 입에서 짧은 신음소리가 흘러나왔다.

밤 10시가 넘은 시각, 성빈 교수는 카페 사장 김명진의 집으로 올라간 게 분명했다. 이건 무슨 일인가. 갑자기 이정인의 머릿속이 복잡해졌다. 이 밤늦은 시간에 집에까지 찾아가는 걸 보면 성빈 교수와 카페 김 사장은 보통 사이가 아니다. 깊은 관계임에 분명하다. 그렇다면 성빈 교수와 정은채와의 관계는? 아무 관계도 아닐까? 그럴 리가 없다. 둘은 분명 특별한 사이임에 틀림이 없다. 은채의 눈빛을 보면 알 수 있다. 그렇다면 은채가 일방적으로 성빈 교수를 좋아하고 있는 것일까? 아니다. 그것도 아니다. 분명한 것은 성빈 교수는 지금 해서는 안 될 짓을 하고 있다는 것이다. 아주 나쁜 짓을. 그리고 나는 그 현장을 목격하고 있다.

이정인의 온몸을 둘러싼 세포가 소리를 지르는 듯 긴장감이 최고조로 치달았다. 숨소리도 가빠졌다. 이정인은 눈이 빠지도록 카페 건물을 지켜보고 있었다. 1시간쯤 지났을까. 김 사장이 카페를 나와 건물 안쪽의 계단으로 올라갔다. 성빈 교수는 주인도 없는 집에 미리 들어가 있는 셈이었다. 둘이 보통 사이가 아니라는 것을 다시 한 번 직감했다. 이정인의 숨소리가 또다시 가빠졌다. 이제 어떻게 할 것인가. 뒤따라 올라갈 것인가. 섣불리 그랬다간 모든 게 물거품이 될 수도 있었다. 그는 기다리는 수밖에 없었다. 그렇다면 둘이 밤

늦은 시간에 함께 있었다는 사실을 어떻게 증명할 것인가? 이정인의 머릿속이 또다시 복잡해졌다. 얼른 생각을 정리해야 하는데 머리가 마음먹은 대로 돌아가지 않았다. 생각해보니 점심 이후 아무것도 먹지 않았다. 온몸의 기력이 다한 듯했다. 정신이 혼미해졌다.

얼마나 시간이 흘렀을까. 운전대에 머리를 박은 채 잠깐 잠이 들었던 이정인은 번쩍 고개를 들어 창밖을 살폈다. 사방이 쥐죽은 듯 조용했다. 세탁소와 컴퓨터수리점 등 몇 군데 상점의 네온사인 간판이 어두운 거리를 밝히고 있었다. 까만색 바탕에 흰색 글씨로 씌어진 '목련꽃 핀 날' 간판 글자가 또렷하게 빛이 났다. 시계를 들여다보니 새벽 4시가 지났다. 자동차 안에 쪼그리고 앉은 채 하룻밤을 훌쩍 넘긴 것이다. 이정인은 아주 먼 곳에 와 있는 느낌이 들었다. 10년 넘게 수없이 오갔던 골목인데 낯설게 느껴졌다. 나는 왜 지금 이 시간 이 골목에 남아 자동차 안에 갇혀 있는 것인가? 불과 몇 달 전만 해도 이 세상 어느 누구보다 행복했었는데. 지금 이 순간 그는 마치 깊이를 알 수 없는 나락에 빠져들어 자신이 아닌 것처럼 느껴졌다. 정신이 몽롱했다. 꿈을 꾸는 것 같았다. 순간, 이정인은 울컥했다. 그런데 이미 눈물이 말랐는지 눈물은 나오지 않았다.

　새벽 5시가 지났다. 신문 배달하는 아주머니가 자전거 앞 바구니에 신문을 가득 싣고 페달을 힘차게 밟고 지나갔다. 자전거가 오래됐는지 페달 삐걱거리는 소리가 골목길을 지배했다. 자전거가 세탁소 앞에 멈추더니 아주머니가 신문 하나를 출입구 밑바닥으로 집어넣고 또다시 자전거를 몰고 익숙하게 페달을 밟고 달려갔다. 조금 있으니 초록색 청소차가 등장했다. 집 앞에 놓인 쓰레기봉투를 하나둘 삼켜가며 천천히 골목길을 지나가고 있었다. 이정인은 재빠르게 주머니에서 휴대폰을 꺼냈다. 몇 발자국 앞에서 쓰레기봉투를 수거하는 청소부 아저씨의 얼굴에 초점을 맞추고 사진을 찍었다. 촬영한 사진을 확인해 보았다. 날이 완전히 밝진 않았지만 아저씨의 모습이 그런대로 선명하게 보였다.

　새벽 6시가 가까워오자 사방이 환해졌다. 바로 그때 카페 건물에서 성빈 교수가 나타났다. 밤새도록 기다린 인물, 밤새도록 기다린 순간이었다. 상대방이 잘 보이지 않는 그리고 사진을 가장 잘 찍을 수 있는 곳에 자동차를 주차했던 이정인은 연속해서 성빈의 모습을 휴대폰 카메라에 담았다. 그가 자동차에서 아주 멀어져 더 이상 화면에 잡히지 않을 때까지 끊임없이 휴대폰의 사진촬영 기능을 터치했다. 이 사진을 찍기 위해 그는 가장 초라한 모습으로 인생 밑바닥까지 내려간 자신을 확인하며 밤을 지새웠다. 일단 목적은 달성한 셈이었다. 이정인의 입에서 아주 깊고 긴 한숨이 흘러나왔다.

게임의 법칙

이정인은 탈진한 몸을 이끌고 학교 앞 해장국 집에서 선지해장국 한 그릇을 시켰다. 정은채로부터 헤어 지자는 말을 들은 날부터 일주일 넘게 잠도 자지 못했고 밥 도 제대로 먹지 못했다. 음식점 카운터 뒤에 붙어 있는 거울 을 들여다보니 몰골이 말이 아니었다. 뜨거운 김이 솔솔 올 라오는 해장국 뚝배기를 바라보고 있자니 이상하게도 식욕 이 생겼다. 이정인은 숟가락을 들고 허겁지겁 배를 채웠다. 어제까지만 해도 밥을 입에 넣는 것조차 쉽지 않았는데, 갑 자기 음식을 먹어야겠다는 의지가 발동한 것이다. 머릿속이 뒤죽박죽 뭘 해야 할지 생각이 정리되질 않았는데, 뚝배기 안의 국물이 바닥을 보이면서 신기하게도 앞으로 해야 할 일들이 하나둘 떠오르기 시작했다. 그는 한 손으로 이마에 맺힌 땀을 훔쳐내며, 또 한 손으로는 휴대폰을 집어 들었다.

"지점장님, 저 이정인입니다."

"응, 정인 씨. 아침에 무슨 일로?"

"지난번에 같이 만났던 이 총장님 전화가 왔는데, 저를 좀 보자고 하셔서요."

"그래? 그렇지. 브이아이피 고객우대 차원에서 정인 씨가 도와드리는 걸로 했었지."

"이 총장님 사무실에 가 봐야 알겠지만 시간이 얼마나 걸릴지도 모르고, 이 일에 대해선 아직 팀장님이나 과장님께는 말씀도 못 드렸거든요."

"응, 걱정하지 마. 내가 얘기해 놓을게. 이번 건은 행장님 특별 관심사항이니까 각별하게 신경을 써서 잘 처리하도록 해. 그 총장님 보통 분 아닌 것 같던데, 하여간 잘 부탁하네."

"그럼, 나중에 결과 보고 드리겠습니다."

일단 출근은 안 해도 되었다. 이 총장을 만날 것인지, 아님 성빈 교수를 만나서 담판을 지을 것인지, 그 밖의 다른 경우의 수는 어떤 게 있을지 침착하게 생각하고 신중하게 결정해야 했다. 문득 경영학 수업 때 들었던 '게임이론'이 생각났다. 게임에서 이기기 위해선 무엇보다 상대방을 염두에 두고 전략을 짜야 한다. 상대가 가진 패가 무엇인지, 어떤 생각을 하고 있는지, 때에 따라선 상대방의 작은 습관이나 버릇까지도 모두 고려해야 한다. 그런 것들 모두가 게임의 승패를 좌우한다. 그리고 내가 가진 패로 게임에서 최대한 얻을 수 있는 이익이 무엇인지 혹은 잃을 수 있는 것은 무엇인지 철저하게 분석을 해야 한다. 물론 내가 가진 패를 상대방에게 섣불리 보여주어서도 안 된다. 이정인은 스스로에게 다짐했다. 나는 게임에서 제법 무기가 될 만한 패를 쥐고 있다. 이 승부에서 이기기 위해서 그리고 나의 목적을 달성하기 위해서 철두철미하게 작전을 짜지 않으면 안 된다.

해장국집에 들어갈 땐 탈진한 모습이었는데 밥을 먹고 나왔을 때의 이정인은 마치 다른 사람처럼 의욕에 차 있었다. 그는 학교 앞 상점가를 샅샅이 뒤져 사진 인화하는 곳을 겨우 찾아냈다. 디지털 시대에 당연하긴 하지만 사진 현상하는 곳이 이렇게 없을 줄 몰랐다. 휴대폰에 저장된 사진 중 스무 장을 골라낸 후, 가로 20센티 세로 15센티 크기로 성빈 교수가 주인공인 사진들을 인화했다. 몰래 찍은 사진이어서 그런지 사진 속 그는 결코 당당한 모습이 아니었다. 검정색 재킷과 갈색 면바지를 입은 그의 얼굴은 다소 야위어 보였다. 학교에서 집회를 주도하던 카리스마 넘치는 모습은 결코 찾아볼 수 없었다. 카페 건물을 나올 때는 어깨가 약간 구부정했고, 이어서 건물 좌우를 살핀 후 주머니에 손을 집어넣고, 그리고 고개를 살짝 숙이고 도로를 따라 큰길 쪽으로 걸어가는 모습. 이 정도면 현장 증거 사진으로는 충분했다.

스무 장의 사진마다 촬영된 시각을 집어넣었다. 8월 3일 오전 5시 57분 27초부터 8월 3일 오전 5시 58분 42초까지. 겨우 1분 15초란 짧은 시간 동안 성빈 교수의 일거수일투족이 다양한 각도로 스무 장의 사진 속에 고스란히 담겨져 있었다. 대부분의 사진에는 카페 '목련꽃 핀 날'의 건물 일부가 찍혀 있어서, 그가 그 시간에 어디에서 나와 어디로 걸어가고 있는지 분명하게 보여주고 있었다.

"이정인 씨, 진심으로 환영합니다!"

"아침에 전화 드린 대로 오늘 이쪽에 약속이 있어서 한번 뵙고 말씀도 들을 겸해서 들렀습니다."

"그럼, 점심은 하셨습니까?"

"네, 먹고 왔습니다."

"나랑 같이했으면 좋았을 텐데, 다음에 꼭 같이하십시다. 여기 내 집이다 생각하고 언제든 오세요. 은행 일이란 게 골치 아플 때도 많을 텐데, 바람도 쐴 겸 오시면 저야 언제든 쌍수를 들고 환영입니다."

만면에 웃음을 띤 이희상은 상대가 상당한 나이 차이가 있음에도 불구하고 겸손이 흘러넘쳤다. 자리도 상석에 앉지 않고 마주보는 쪽으로 이동해서 앉았다. 소파의자와 한 세트로 붙어 있는 짙은 갈색 나무 책상 위에는 '해송 장학재단 이사장 이희상'이란 명패가 빛을 발하며 놓여 있고 책상 뒤 벽면 위로는 근엄한 표정의 흑백과 컬러로 된 인물사진 액자 두 개가 눈길을 끌었다. 컬러사진은 최근까지 C대학 재단이사장이었던 그의 아버지이고, 좀 더 오래된 흑백사진의 주인공은 설립자인 그의 할아버지였다. 장학재단이 들어서 있는 이 빌딩의 주인 사무실치고는 무척 소박한 느낌이었다. 나무 책상과 회의용 소파 외에 무미건조하다 싶을 정도로 별다른 가구나 장식이 없었다.

"오늘 아침에도 여기 이 방에서 황춘식 경영대학장님 총장 세우려고 대책회의를 했습니다만, 내 생각엔 우리 이정인 씨도 앞으로 이 회의에 같이 참석하면 좋을 것 같은데……."

　잘 모르는 상대방의 의중을 슬쩍 떠보는 건 이희상의 오래된 처세 방식이었다.

　"네?"

　현실성 없는 얘기지만 갑작스런 제안에 이정인은 놀라지 않을 수가 없었다.

　"뭘 그렇게 놀라시긴. 경영대 출신이니까 잘 아실 테지만 황 학장만큼 인품 좋고 또 실력 있는 분이 어디 있습니까. 이런 분이 총장이 되셔야 우리 학교가 앞으로 제대로 발전을 할 텐데, 안 그렇습니까?"

　"……."

　"이거, 내가 듣고 싶은 대답을 너무 강요한 거 같습니다. 젊은 분이 아주 신중하신데, 그런 태도가 또 내 맘에 쏙 듭니다. 하하하."

　"아, 아닙니다. 저도 총장님과 같은 생각이라는 건 이미 잘 알고 계실 것 같아서……."

　"물론 제가 잘 알지요. 우린 같은 배를 탄 한 식구 아닙니까. 그래, 성빈 교수를 아주 잘 아시는 걸로 알고 있는데, 요즘 움직임을 좀 알아보셨는지……."

이희상의 표정이 일순간 심각 모드로 바뀌며 이정인의 눈을 빤히 들여다보았다.

"네, 뭐 관심은 계속 갖고 있습니다만……."

"잘 아시겠지만 이제 총장 선거까지 열흘도 남질 않았어요. 지난번 후보자 토론회 때 우리 황 학장이 조금 열세를 보인 부분도 있고 해서 뭔가 흐름을 뒤집을 만한 이슈가 있어야 하는데, 난 사실 이정인 씨에게 큰 기대를 걸고 있거든요."

"알겠습니다. 최선을 다해 보겠습니다. 그런데 총장님께서 이번 선거에 어느 정도 승부를 걸고 계신지 알고 싶습니다."

"음, 그러니까 나를 잘 못 믿겠다는 것 같은데……."

"아닙니다. 그냥 현재의 판세가 어떤지 알고 싶어서 그렇습니다."

"이정인 씨, 난 지는 걸 딱 싫어하는 사람입니다. 그리고 지는 싸움은 아예 시작도 하질 않습니다. 내가 우리 후배님 믿고 한 가지만 말씀드리지요. 선거인단이 모두 45명인데 선거규정에 따르면 이틀 전에 당사자에게 통보하도록 되어 있지요. 그것도 비공개로 말입니다. 선거운동을 원천적으로 막자는 얘긴데, 선거에서 선거운동을 막는다는 게 현실적으로 가능한 얘깁니까? 이미 한 달 전부터 우리 쪽 캠프에서 뭘 하고 있는지 아십니까? 선거인단에 들어갈 가능성이 있는 300명의 명단을 작성해서 개별적으로 모두 다 접촉에 들어갔습니다. 선거라는 게 별 거 아닙니다. 표 많이 얻는 쪽이 승리하는 겁니다. 그걸 저쪽 성빈 교수나 정추위 쪽에서는 전혀 알지 못해요. 선거 경험이 없으니까 알 수가 없지요. 무슨 얘긴지 아시겠습니까?"

이희상은 자신이 갖고 있는 패를 의도적으로 내보였다. 선제적으로 내 패를 보이면 상대방도 어쩔 수 없이 갖고 있는 패를 보일 수밖에 없다는 고도의 전략이었다.

"아, 그러시군요."

순간적으로 이정인의 눈빛이 흔들렸다.

이희상은 그 틈을 놓치지 않았다.

"우리가 힘을 합치면 성빈 정도는 얼마든지 이길 수 있어요. 그러니까……."

더 이상 상대방의 페이스에 말려들지 않기 위해 이정인이 슬쩍 말을 가로챘다.

"총장님, 그럼 제가 이 일에 전력으로 나설 수 있도록 일주일 정도 시간을 마련해 주실 수 있겠습니까?"

"그게 뭐 어려운 일입니까. 지난번에 이미 은행장과 지점장 다 만나서 얘기해둔 상태인데. 이렇게 하십시다. 지금 이정인 씨가 근무하는 지점이 거기 평강동이라고 했지요. 오늘 안으로 당장 우리 재단 명의로 계좌를 하나 개설하기로 하지요. 그럼 자연스럽게 지점장과 연결이 될 테니까, 이정인 씨 일주일 정도 시간을 빼드리는 건 아마 일도 아닐 겁니다."

해송 장학재단 사무실을 나와 엘리베이터를 타자 이정인은 크게 한숨을 내쉬었다. 하마터면 패를 보여줄 뻔했다. 물론 같은 목표를 갖고 있지만 이정인이 갖고 있는 궁극적인 목표는 분명 이희상과는 다를 수밖에 없었다. 그에게는 성빈을 총장 선거에서 떨어뜨리는 것도 중요하지만 무엇보다 정은채와의 관계를 회복하는 것이 최상위의 목표였다. 성빈을 총장 선거에서 떨어뜨리고 정은채를 더 이상 볼 수 없게 된다면, 그건 하나를 얻고 모든 걸 잃는 결과와 마찬가지가 아닌가. 갖고 있는 패를 이희상에게 보여주지 않은 건 잘한 일이었다. 아침에 선지해장국 먹을 때 게임이론을 떠올린

게 천만다행이었다. 이정인이 회전문식 현관문을 통해 밖으로 나오자 도로 건너편에 자리한 M방송사 건물이 눈에 들어왔다. 순간, 그의 눈에서 반짝 빛이 났다.

삶의 행로

성빈은 오랜만에 TV 뉴스를 켰다. 변함없이 반
복되는 국민들의 안주감이 된 여야 정치권 뉴스와 날이 갈
수록 서민들 살기가 팍팍해진다는 경제뉴스에 이어서 깜짝
놀랄 사회뉴스 하나가 이어졌다. 이른바 행복전도사로 알려
진 유명 강사가 불치병에 걸려 남편과 함께 모텔 방에서 자
살했다는 뉴스였다. 그녀는 아내가 만든 다큐멘터리 프로그
램에도 나와서 행복이란 다른 사람이 인정하는 것이 아니라
자신이 스스로 만족하는 삶을 살아가는 것이라고 힘주어서
말했었다. 인생이란 부자나 가난한 사람이나 권력자나 힘없
는 사람이나 누구나 다 좌절과 고난을 겪을 수밖에 없다고
했고, 좌절과 고난을 이기려고 할 것이 아니라 그냥 친구처

럼 받아들이고 살아가면 언젠가는 자신도 모르게 행복이 찾
아온다고도 했다. 그런 그녀가 왜 스스로 목숨을 끊었을까?
그녀의 말들을 곧이곧대로 믿은 것은 아니지만 누구나 행복
한 삶을 살 권리가 있고 또 누구나 다 행복한 삶을 살 수 있
다고 말했던 그녀의 진짜 삶이 얼마나 힘들었을까 생각하니
성빈의 가슴이 싸늘해졌다. 자살하는 순간 그녀는 삶이란
무엇이라고 생각했을까.

스무 살을 넘었을 즈음 인생이란 별 거 아니라고, 산다는
게 다 그렇고 그런 거라며 성빈은 스스로 인생에 대해서 다
아는 것처럼 생각했었다. 산다는 게 그렇게 대단할 것도 없
고 또 무서울 것도 없다고 느꼈다. 그래서 겁 없이 앞만 보고
살아왔고, 후회할 것 없이 당당하게 살아왔다고 생각했다.
그런데 이제 나이 오십을 넘어서면서 그는 인생에 대해서
아무 것도 아는 게 없는 것 같았다. 어느 길이 가야 할 길인
지 또 가지 말아야 할 길인지, 안갯속을 걷는 것처럼 답이 잘
보이지 않았다. 행복전도사의 죽음을 뉴스로 들으며 생각이
꼬리를 물고 이어지는데 휴대폰의 진동소리가 길게 울렸다.

"당신 '목련꽃 핀 날'이란 카페 알아?"

느닷없는 아내의 목소리였다. 총장 후보자 토론회에 나타

나서 깜짝 놀랐었는데 이번엔 또 무슨 일일까. 전화기 저편
의 목소리가 심상치 않았다.

"알긴 아는데……."

그는 이미 불길한 느낌을 예감했다.

"어젯밤에 그 카페 여사장 집에서 잤어?"

아내의 목소리가 약간 떨리고 있었다.

"뭐라고?"

성빈은 놀라지 않을 수가 없었다.

"당신, 숨김없이 얘기해 봐. 거기서 밤새 자고 오늘 새벽
에 나온 거 맞아?"

"아니, 그게……."

"그 카페 여사장이랑 어젯밤 같이 잤고, 그리고 이미 오래
된 관계란 것도 맞는 얘기야?"

"당신 어디서 그런 얘기를 들었는지 앞뒤를 자세하게 설
명해줘야 내가 무슨 얘기를 하지."

"아, 정말 이건 말이 안 된다. 성빈 교수님, 어떻게 이럴
수가 있어요? 당신 혼자 고고한 척하더니 겨우 이런 정도 밖
에 안 되는 거야? 이런 식으로 사람 뒤통수치는구나!"

"……."

성빈은 머릿속이 하얘졌다. 갑자기 발가벗긴 채 세상에 던져진 느낌이었다. 한순간에 나락으로 떨어져 손발마저 묶여버린 듯했다. 변명의 여지도 없었다. 거리에 모인 수많은 군중들이 그를 비웃으며 손가락질하는 느낌이었다. 맨 앞줄에 선 아내가 그를 향해 돌을 던졌다. 분노에 찬 얼굴이었다. 그로서는 그냥 돌을 맞을 수밖에 없었다.

"당신 총장 후보 사퇴해! 어쩜 그렇게 멍청해. 사진이나 찍히고 다니고. 사흘 안에 총장 후보 사퇴 안 하면 새벽에 그 여자 집에서 나오는 사진 공개하겠다고 협박인데 알아서 해! 발신자 표시도 없으니까 나도 누구 짓인지는 몰라. 더 이상 전화할 기분 아니니까 이만 끊어."

이정인은 계속해서 시계를 들여다보았다. 밤 9시30분이 지났다. 지금쯤 상황은 어떻게 전개되고 있을까.

오늘 오후 해송 장학재단 빌딩을 나오면서 길 건너편의 M방송사를 보는 순간, 그는 자신의 패를 사용할 대상을 떠올렸다. M방송 본사의 제작부장인 성빈 교수의 아내를 이용하면 의외로 일을 쉽게 처리할 수 있으리란 생각을 했다. 남편이 카페 여사장과 부적절한 관계라는 사실을 알게 되면,

그녀의 사회적 신분으로 볼 때 결코 가만히 있지 않을 것이다. 어떤 형태로든 남편을 추궁할 것이고, 사진을 공개하지 않는 조건으로 남편을 총장 후보에서 스스로 물러나게 하는 옵션을 건다면 손쉽게 일을 끝낼 수도 있겠다는 생각을 했다. 물론 성빈 교수나 그의 아내가 경찰에 고발하는 등 공격적으로 나설 수도 있겠지만 그럴 가능성은 희박했다. 그럴 경우 모든 게 다 세상에 알려지는 것을 전제로 하는 것인데, 그건 결코 그들이 원하는 결과가 아닐 것이다. 이정인은 갖고 있는 패를 이렇게 쓸 경우 이성적으로는 부인하고 싶지만 성빈 교수에게 치명적인 복수까지 할 수 있다는 사실을 본능적으로 알고 있었다.

중요한 제보를 한다는 구실로 M방송 교양국 서영교 부장의 휴대폰 번호를 알아내는 것은 별로 어렵지 않았다. 문자로 보낼 내용을 작성했다.

서 부장님의 남편 되시는 C대학 사회학과 성빈 교수와 C대학 후문에 자리한 '목련꽃 핀 날' 카페 여사장이 수년 동안 부적절한 관계를 유지해오고 있습니다. 성빈 교수가 어젯밤 11시부터 오늘 아침 6시까지 카페 건물 5층에 있는 카페 여사장 집에 있다가 나오는 사진을 첨부해 보내드립니다. 요구조건은 단 하나입니다. 성빈 교수를 사흘 안에 총장 후보에서 사퇴하도록 하십시오. 그렇게 하면 이 사진은 공개하지 않겠습니다. 죄송합니다만 저의 신분은 밝히지 않겠습니다.

이정인은 휴대폰에 저장된 사진 중 성빈 교수의 얼굴과 카페 건물이 가장 선명하게 나온 사진 세 장을 골랐다. 그리고 문자와 사진을 보낼 시각을 밤 9시로 정했다. 이때쯤이면 그녀가 집에 있을 것으로 판단했다.

성빈은 앉아 있던 의자에서 내려와 거실 바닥에 털썩 주저앉았다. 다리가 완전히 풀렸다. 온몸이 전기에 감전된 것처럼 마비된 느낌이었다. 한동안 아무 생각도 나지 않았다. 잠시 시간이 흐르자 온몸이 뒤틀리는 것 같았다. 식은땀이 흘렀다. 구역질이 나 화장실로 달려갔다. 변기 앞에 엎드려 몇 번씩이나 헛구역질을 하고 나니 공포감이 밀려들었다. 누군가가 자신의 일거수일투족을 감시하고 있다. 뒤를 밟았고, 밤새도록 감시했고, 사진까지 찍었다. 조지 오웰의 『1984년』에 나오는 주인공처럼 정체를 알 수 없는 존재에게 자신의 모든 것을 점령당한 느낌이었다. 무방비 상태에서 몸도 마음도 영혼까지도 일순간에 겁탈을 당한 것만 같았다. 어떻게 이런 일이 일어날 수가 있는가. 직접 협박하는 것도 아니고 아내를 중간에서 이용했다. 총장 후보 사퇴가 목적이라면 왜 굳이 아내를 끌어들였을까? 누군가 개인적인 복수를 하려는 것일까? 정신이 아득해졌다.

천지사방 나비 떼가 날고 있었다. 음산한 기운이 물씬 풍기는 도시의 뒷골목엔 전봇대와 고층빌딩 옥상 위에 설치된 각양각색의 감시 카메라들이 보이지 않는 손인 리모트 컨트롤로 한 점 사각지대 없이 샅샅이 거리를 훑어내고 있었다. 오고 가는 사람들의 표정이 모두 우울하게 보였다. 서로를 흘깃거리며 의심의 눈초리를 보내고 있었다. 겉으론 조용하지만 온갖 음모와 범죄가 우글거리는 듯했다. 머리에 돌을 맞고 피를 흘리던 성빈은 겁에 질린 듯 비명을 지르며 도시의 골목길을 달렸다. 탈출을 시도했다. 그러자 이 집 저 집에서 뛰쳐나온 좀비들이 할퀴는 듯 뒤를 쫓아왔다. 피와 땀이 범벅이 되어 그가 골목길을 벗어나자 순간 눈앞에 광활한 푸른 풀밭이 펼쳐졌다. 어디선가 날아온 하늘 위의 온갖 나비들이 춤을 추며 날아갔다. 좀비들은 더 이상 추격을 할 수 없다는 듯 저 편 도시 골목길에서 이 편 푸른 세상을 아쉬운 표정으로 바라보았다. 나비들이 성빈을 에워싼 채 날고 있었다. 시원한 바람이 불었다. 바람이 불어오는 곳을 바라보았다. 바로 눈앞은 천길 절벽이었다. 떼를 지은 나비들은 계속해서 허공으로 날아올랐다. 성빈은 나비가 되어 몸을 날렸다.

"악!"

짧은 비명과 함께 성빈이 잠을 깼다. 온몸이 땀에 젖어 있었다. 지난밤 악몽 같은 일이 현실에서 일어났고, 그리고 현실에서 또 악몽을 꾸다가 잠에서 깨어났다. 그는 거실 창문의 커튼을 활짝 열어젖혔다. 아침 햇살이 몸 전체를 덮쳐왔다. 눈이 부셨다. 부끄러웠다. 절망감이 엄습했다. 현실 속 지난 일들이 순식간에 머릿속을 스쳐갔다.

10년 전부터 있었던 아내 서영교와의 불화와 단절. 누구의 잘잘못을 떠나 그건 그냥 자신이 받아들여야 할 운명이라고 생각했다. 굳이 아내를 탓하고 싶지도 않았고, 언제부턴가 스스로 자책하는 것도 부질없는 짓이라고 생각했기 때문이다. 그리고 C대학에 내려와서 그런대로 적응하며 살아왔다. 대학분규가 일어났고, 옳지 않은 일에 대해 저항의 몸짓을 거부하지 않았다. 뜻을 같이하는 사람들과 함께 잘못된 것을 바로잡으려 했고, 그걸 굳이 자랑거리로 내세우지도 않았다. 그때 그 자리에 누군가 있었더라면 마땅히 해야 할 일이라고 생각했다. 그 와중에 정은채의 존재는 그의 삶에 활기를 불어넣었다. 정은채는 외로움을 상쇄시켜 주었다. 그녀는 그에게 하늘의 선물과도 같은 사랑스런 존재였다. 그리고 카페 김 사장의 얼굴이 떠올랐다. 인간의 감정을 결코 단순화시킬 수는 없지만, 그와 김명진과의 관계는 분명 인간의 본능적 욕구를 매개로 한 것이었음을 부인할 수 없다. 아무리 포장하고 변명을 해봐도 도덕적으로 비판받아 마땅한 불륜관계. 세상 사람들은 둘의 관계를 그렇게 부를 수밖에 없을 것이다.

긴급하게 연락을 받고 모인 정추위 핵심 임원들은 서로의 얼굴만 살피며 아무 말이 없었다. 매일 오후에 임원회의가 열리고 있는데 굳이 아침 시간에 몇 명만을 불러낸 걸 보면 다급한 일이 생긴 게 틀림이 없었다. 그것도 좋지 않은 일임에 분명했다. 성빈 교수의 표정이 모든 걸 말해주고 있었다.

"아침 시간에 이렇게 보자고 해서 죄송합니다. 본론부터 말씀드리면 저는 이번 총장 선거를 더 이상 치를 수가 없습니다. 지난 몇 년 동안 숱한 어려움을 거쳐내면서 여기까지 왔는데 여러분께 큰 죄를 짓는 것 같습니다. 저는 총장 후보로 나설 자격이 없습니다. 여기서 멈추는 게 저의 도리인 것 같습니다. 죄송합니다."

"……."

아무도 입을 열지 못했다. 청천벽력이 따로 없었다. 총장 선거일이 바로 코앞인데 후보자 당사자가 그만두겠다는 건, 지난 몇 년간의 모든 희생과 노력을 물거품으로 만들겠다는 것이었다.

"성 교수님, 무슨 일인지 저희가 이해할 수 있도록 자초지종을 말씀해주셔야……."

부위원장인 최 교수가 어렵게 입을 뗐다.

"네, 말씀 드려야지요."

성빈은 잠시 생각에 잠겼다. 그리고 결심한 듯 말을 이었다.

"누군가 제 뒤를 밟고 있습니다. 그리고 제 일거수일투족을 사진으로 찍고 있습니다. 그저께 밤 저의 행적이 사진으로 찍혔습니다. 학교 후문에 있는 '목련꽃 핀 날' 카페 주인

집에서 밤을 새고 나온 제 모습이 사진에 찍혔습니다."

성빈이 짧게 상황을 설명하자, 모두들 넋이 나간 표정으로 할 말을 잃어버린 듯했다.

혼돈의 끝

오후에 이어진 정추위 임원회의는 침울함 그 자체였다. 참석자 모두가 속된 말로 '멘붕'에 빠진 듯했다. 위원장의 은밀한 프라이버시 문제를 놓고 대놓고 왈가불가할 수도 없고, 그렇다고 두 손 놓고 가만히 있을 수도 없었다. 당사자인 성빈은 후보 사퇴를 해야겠다는 입장을 고수했지만, 현실적으로 받아들일 수 있는 카드는 결코 아니었다. 그가 계속해서 사퇴를 고집하는 것은 충격에 빠진 다른 교수들의 심경을 더욱 힘들게 할 뿐이었다. 성빈은 진퇴양난에 빠진 채 이젠 자신의 앞날조차도 스스로 선택할 수 없음을 뼈저리게 깨달았다. 그의 은밀한 치부가 드러났고, 전후좌우 설명할 가치나 의미조차 없을 뿐 아니라, 마치 죽어야 할 죄를 지은 것처럼 더 이상 아무 말도 할 수가 없었다. 깊이를 알 수 없는 나락에 빠져든 느낌이었다.

법대 홍 교수가 사태를 정리하고 나섰다.

"세상에 비밀은 없다고 이번 일을 감출 수만은 없을 겁니다. 구 재단 쪽에선 먹잇감이 생겼다고 무차별로 공격을 해 올 것이고, 당연히 여론전을 펼 것도 염두에 둬야 합니다. 경우의 수를 모두 열어 놓고 정면 대응하는 수밖에 없습니다."

최 교수가 말을 이었다.

"사생활 문제를 이렇게 집요하게 들춰내는 걸 보면 분명 지난번에 성 위원장님 골탕 먹였던 그 경영학과 졸업생 녀석이 이희상 쪽과 한 통속이 돼서 음모를 꾸미고 있나 본데……."

"자, 이미 엎질러진 물입니다."

성빈이 민망해질 것을 알고 사회학과 양 교수가 최 교수의 말을 얼른 가로챘다.

"이거, 사람 뒤나 몰래 밟고 사진 찍는 거 법적으로 분명히 문제가 있는 건데, 왜 우리만 폭탄 맞은 듯 이렇게 전전긍긍해야 하는 겁니까? 돌파구를 찾아야지요."

홍 교수가 말을 받았다.

"몰래 찍은 사진으로 협박을 한 건 분명 법적으로 문제가 됩니다. 총장 후보 사퇴하라고 보낸 문자가 명백한 증거물이 되니까요. 그러니까 아마 저쪽에서도 바보가 아니라면 섣불리 공개적으로 나서지는 못할 겁니다. 이걸 무기 삼아서 이번 선거를 유리한 쪽으로 이끌어 가려고 하겠지요. 여차하면 우리도 구 재단 측이 사생활을 빌미로 흑색선전을 하고 있다고 받아치면, 여론이 어떻게 돌아갈지는 아무도 모르는 일입니다. 그러니까 성 위원장님이나 우리 모두 너무 낙담할 필요 없이 일단 사태를 지켜 보기로 합시다."

같은 목표를 향해 뛰는 사람들은 헤쳐 가기 어려운 순간이 닥쳐 와도 결과를 부정적으로 예측하기보다는 긍정적으로 해석하는 힘이 강해진다. 같은 배를 탔기 때문에 한 사람이 물에 빠지면 남은 사람들도 잇따라 물에 빠지게 된다는 절박한 공동체 의식이 생겨나기 때문이다. 메가톤급 악재가 발생했음에도 불구하고 정추위 임원회의는 처음의 충격에서 벗어나 차츰 해결의 의지를 모으는 쪽으로 가닥을 잡았다. 속마음이야 알 수 없지만 겉으로는 모두가 성빈을 위로하는 분위기로 회의는 마무리가 되었다. 그러나 세상일이란 정말 사람들 생각대로 되지는 않는 법이다. 정추위 임원들이 사무실 문을 열고 나가려는 순간, 난데없이 C신문사의 이성필 기자가 성빈의 앞을 가로막고 나섰다.

"성 위원장님, 무슨 일이죠? 제가 일부러 엿들은 건 아니고요. 총장 선거 취재차 나왔다가 문 앞에서 잠깐 들었는데, 구 재단 쪽에서 성 교수님 사생활 문제로 협박한다는 게 도대체 무슨 말입니까?"

"아, 이 기자……."

성빈이 당황한 모습을 보이자 옆에 있던 최 교수가 이 기자를 가로막고 나섰다.

"이 기자님, 이거 왜 이러십니까. 별거 아닙니다. 저쪽에서 워낙 사생결단 하는 식으로 나오니까 우리가 조심을 해야 되겠다 이런 거지요."

"그럼 별것도 아닌데 얘길 좀 해주시죠. 제가 언뜻 듣기에 어느 카페 여사장과 관련된 문제인 것 같은데, 학교 후문 쪽에 있는 카페 맞죠?"

이 기자는 이미 회의 내용의 상당 부분을 엿들은 듯했다. 사회부 기자답게 거두절미하고 문제의 핵심을 찌르고 달려들었다. 최 교수도 더 이상 자신이 감당할 수 있는 상황이 아님을 직감했다. 이쯤 되면 성빈이 직접 나설 수밖에 없었다.

"이 기자, 여기서 이러지 말고 내 방으로 갑시다."

C신문사의 이성필 기자. 그는 벌써 수년째 C대학을 출입하고 있는 사회부 베테랑 기자다. 성빈과는 정추위 출범할 당시부터 출입기자와 취재 대상의 관계로 인연을 맺었고, 정추위 활동에 그동안 비교적 우호적인 기사를 썼다. 특별히 정추위 편에 섰다기보다는 지역여론 자체가 구 재단에 등을 돌린 상태였고, 비교적 연령대가 젊은 사회부 기자들은 어느 언론사든 재단에 맞서 싸우는 평교수들의 활동에 우호적일 수밖에 없는 분위기였다. 그렇다고 해서 기자들이 구 재단 측에 완전히 등을 돌린 것은 아니었다. 기자라는 직업의 속성상 그래서도 안 되고 또 그럴 수도 없었다. C대학 출입기자들은 이희상을 비롯한 구 재단 측 사람들과도 잘 어울렸고, 정기적으로 접대도 받았다. 명절 때면 두툼한 봉투를 하나씩 건네받기도 했다.

이 기자는 작년에 이어서 올해도 C대학 출입기자단의 간사를 맡고 있었다. 기자단의 간사를 맡게 되면 기자단 내부의 운영규정을 협의과정을 통해 정하기도 하고, 기자들을 대표해서 출입처에 요구사항을 전달하는 역할을 담당하기도 했다. 때로 민감한 기사 내용과 관련해 기자들과 출입처의 관계를 조정하는 것도 간사가 맡고 있는 주요 역할 중 하나였다. 지금처럼 총장 선거가 있게 되면 대학을 출입하는 기자들의 위세는 더욱 치솟게 마련이었다. 선거를 치르는 양쪽 진영으로부터 식사 자리에 와 달라는 엄청난 러브콜을 받기도 했다. 여론에 따라 선거 결과가 좌우되니 정치판의 행태와 별반 다를 게 없었다. 이런 상황에서 출입 기자들을 대표하는 간사의 위상은 더욱 막강해질 수밖에 없었다.

성빈은 원래 기자들을 접대하거나 비위를 맞추는 일은 적성에 맞지도 않았고 또 그럴 필요성도 크게 느끼지 못했다. 교수대책위 시절이나 정추위 체제에서도 재단 측과 맞서 싸우는 과정에서 언론의 덕을 많이 보긴 했지만, 굳이 기자들에게 잘 보이기 위한 접대까지 해야 할 필요는 없었다. 왜냐하면 언론이 제 역할을 못한다고 욕을 먹고는 있지만 상대적으로 젊은 기자들의 경우 접대 받을 곳과 그렇지 않은 곳 정도는 구별할 수 있는 최소한의 양심은 지니고 있기 때문이었다.

성빈이 급히 종이컵에 인스턴트 커피와 뜨거운 물을 부어 이 기자에게 건넸다. 이런 자리가 무척이나 어색할 수밖에 없었다. 이 기자가 먼저 말문을 열었다.

"정추위 위원장님이자 유력한 총장 후보님으로부터 이렇게 커피 대접도 받고, 제가 오늘 혼자 호강하는 것 같습니다."

"아니, 무슨 그런 말씀을⋯⋯."

접대성 멘트에도 성빈은 전혀 적응을 하지 못했다.

"제가 일부러 위원장님 골탕 먹이려는 건 아니고요. 아까 그 얘기가 뭔지 솔직히 말씀해 주시죠. 제가 다른 대학 총장 선거도 몇 번 취재해 봤지만 선거 막판이 되면 상대방 깎아내리기 위해서 각종 흑색선전에다가 이전투구 말도 못합니다. 이런 말씀 죄송합니다만 교수님들도 정치판 못지않게 대단하시거든요. 그러니까 저한테 있는 대로 다 말씀해 주시면 제가 잘 판단해서 처리하도록 하겠습니다. 내용에 따라서 기삿거리가 안 될 수도 있는 거니까요."

이 기자는 상대방을 안심시키면서 단도직입적으로 취재에 들어갔다.

"글쎄요. 이거 참, 총장 선거에 왜 개인적인 문제까지 거론돼야 하는지⋯⋯. 이 기자 입장을 충분히 이해는 합니다만, 이건 그야말로 사적인 문제입니다. 어디까지 아시는지 잘 모르겠습니다만, 저는 애초부터 총장 되는 일에 욕심이 있었던 것도 아니고, 정추위 결정에 떠밀려서 여기까지 오게 된 건데……."

성빈은 막상 이 기자를 자기 방으로 데리고 왔지만 무슨 말을 해야 할지 진땀이 났다.

"그 과정을 제가 누구보다 잘 알지요. 성 교수님 욕심 없다는 것도 알고요. 그러니까 구체적으로 누가 어떤 식으로 협박을 했는지 알려만 주시면, 제가 잘 처리하겠다고 말씀드리는 겁니다."

한번 취재거리를 물면 쉽게 물러나지 않는 건 기자들의 속성이다.

"글쎄요. 제가 아무리 생각해봐도 이건 아닌 것 같습니다. 그리고 잘못되면 나뿐만 아니라 학교 문제와는 전혀 관계없는 다른 사람들이 피해를 볼 수도 있는 문제고요. 총장 선거하고는 아무런 상관도 없는 일인데, 이렇게 사람 뒤를 밟아서 사생활 들춰내고 거기다가 협박까지 하는 건 이 기자 말씀대로 그야말로 흑색선전이고 이전투구 아닙니까? 이 기자가 그냥 이 정도에서 물러나 주시면 정말 고맙겠습니다."

이쯤 되자 이 기자는 성빈으로부터는 더 이상 나올 게 없다고 판단했다. 그의 고집스런 성품을 어느 정도 알고 있기 때문이었다. 분명한 것은 누군가가 그의 뒤를 밟았다는 것이고, 카페 여사장과의 관계를 걸어서 협박을 했다는 사실이다. 그렇다면 이건 흥미로운 기사거리가 될 수도 있다.

"네, 알겠습니다. 충분히 이해는 합니다. 성 위원장님도 사생활이 있는 거고, 저희가 무슨 황색 잡지처럼 흥밋거리로 위원장님 사생활을 까발리겠다는 건 아니니까요. 그런데 누군가가 말씀대로 뒤를 밟고 사진을 찍든가 해서 총장 후보 사퇴 같은 협박성 요구를 했다면, 그건 저희들 기자 입장에선 좀 더 확인을 해봐야 할 사안인 것 같습니다. 하여간 성 위원장님 괴롭히는 건 이 정도에서 끝내겠습니다. 고맙습니다."

세상일은 참으로 알 수가 없었다. 애초에 이정인이 자신의 손에서 모든 걸 끝내보려고 일을 꾸몄지만, 의외의 인물이 이 일에 끼어들면서 전혀 예상치 않은 방향으로 상황은 전개되고 있었다.

이성필 기자는 내친 김에 이희상의 사무실로 급히 발걸음을 옮겼다. 문 앞에 앉아 있던 비서가 안내를 하려고 일어서는데, 이 기자가 거침없이 먼저 문을 밀고 들어섰다.

"총장님, 오랜만에 뵙겠습니다. 요즘 후임 총장 만들기에 얼마나 노고가 많으십니까!"

"아니, 이게 누군가! 이 기자, 온다고 말이나 하고 와야지. 그래야 내가 성대하게 맞을 준비를 할 거 아닌가. 하여간 이렇게 누추한 곳까지 찾아와줘서 고맙네. 자, 이 안쪽으로 와서 앉지."

이해관계가 걸린 사람이라면 누구나 극진하게 대접을 하는 게 이희상의 오랜 습관이지만, 총장 선거 막판에 출입기자단의 간사가 등장을 하니 신발이라도 벗을 만큼 머리를 조아리는 자세가 되는 건 당연했다.

"저야 이렇게 돌아다는 게 제 일인데요. 직접 총장을 하시는 것보다 총장 만들기가 더 어려우시죠?"

"잘 알면서 뭘 그러시나. 요즘 아주 힘이 드니까 이럴 때 이 기자가 힘을 한번 팍팍 써주셔야지. 우리가 알고 지낸 세월이 벌써 얼만가. 이 기자가 수습 막 끝내고 우리 대학 인사 왔을 때, 그때 내가 기획실장 할 때니까 벌써 10년이 넘는 세월이야."

틈만 나면 이런저런 연고를 갖다붙이는 건 이미 이 기자도 익히 아는 그의 오래된 습성이었다.

"이 총장님, 성빈 후보 쪽에 사람 붙이셨어요?"

슬쩍 찔러보기식 취재가 시작되었다.

"사람을 붙이다니?"

이희상으로서는 깜짝 놀랄 수밖에 없는 질문이다.

"뭘 그렇게 놀라십니까. 오늘 낮에 정추위 임원회의 갔더니 누군가 성빈 교수 뒤를 밟고 사진까지 찍었다고 하던데, 모른 척하시기는. 그쪽에서 아주 비상이 걸렸던데요."

"뭐라고? 이 기자, 그건 나도 처음 듣는 얘기야. 사진까지 찍었다고?"

이희상으로서는 구미가 확 당기는 얘기일 수밖에 없다.

"알면서 모르는 척하시는 건지, 진짜 모르시는 건지 저도 헷갈리는데요."

이 기자는 이희상이 아직 이 일에 대해 모르고 있음을 직감했다. 그러나 정황으로 보면 그와 관계있는 인물이 일을 저질렀을 가능성이 높다.

"정말 모르신다면 제가 총장님께 엄청난 정보를 드린 셈인데요."

이 기자는 슬쩍 생색을 냈다.

"그러니까 내가 이 기자를 좋아하는 것 아닌가. 다 이렇게 돕고 사는 거지."

이희상의 얼굴에 화색이 넘쳤다. 능구렁이인 그의 표정이 관리가 안 될 정도다.

"성 교수가 무슨 치명적인 약점이라도 찍혔나 보지?"

"뭣 좀 아시나 해서 와봤는데 오히려 저를 취재하시네. 잘 생각해 보시고 재미있는 얘깃거리 있으면 저한테 보내주세요. 사람 뒤 밟고 사진 찍어서 협박하고 그러는 거, 그거 법에 걸리는 거예요. 혹시 그런 자료 갖고 계시더라도 함부로 사용하면 안 되는 거 아시죠? 뭐라도 손에 넣으시면 총장님이 보냈다고 하실 필요도 없고, 익명 제보하는 방식도 있습니다. 중요한 건, 꼭 저한테 보내신다는 거 잘 알고 계시죠? 자, 오늘은 이만 돌아가겠습니다."

미끼를 던져 놓으면 언젠가 물고기가 무는 법. 이쯤 되면 이 기자 입장에서는 굳이 힘들게 밀고 당기고 할 필요도 없는 일이다.

이 기자가 돌아간 후, 이희상은 순식간에 일어난 이 상황이 어떤 것인지, 꼼짝없이 소파에 앉아 생각에 빠졌다. 저쪽에 좋지 않은 무슨 일이 벌어졌고, 그건 남의 집에 일어난 불이 분명했다. 누군가가 철없이 불장난을 쳤는데, 구경하기 좋은 불구경일 뿐만 아니라 바람의 방향에 따라 뭔가 크게 챙길 수도 있을 것 같은 느낌이 들었다. 이희상의 입가에 야릇한 미소가 번졌다. 그는 기분 좋게 휴대폰을 집어 들었다. 그리고 누군가에게 전화를 걸었다.

침묵 1

　　이정인은 시내 한복판에 이런 구식 다방이 있
다는 게 무척 신기했다. C시 중심가인 중앙대로 뒷골목 공
용주차장에 주차를 하고 입구 쪽으로 나와 맞은편을 바라보
니 전화에서 들은 대로 '희다방'이라고 써진 빨간색 네온사
인 간판이 보였다. 대로변 빌딩들이 줄을 지어 서 있는 바로
뒷길임에도 불구하고 낡은 단층 건물들이 다닥다닥 붙어 있
고, 곱창구이와 빈대떡 등을 파는 선술집들 사이로 7, 80년
대 영화에나 나올 법한 구식 다방이 한자리를 차지하고 있
었다. 밤 9시가 조금 넘었을 뿐인데 홀 안이 다 보이는 선술
집들에선 취객들의 왁자지껄한 고성이 흘러나오고 있었고,
연탄불 위에서 지글거리는 곱창냄새가 골목길에 진동했다.

왜 하필 이런 곳에서 보자고 했을까? 이정인은 떠오르는 의문을 털어내고 '희다방' 문을 열고 들고 섰다. 안쪽 자리에 앉아 있던 이희상이 슬쩍 한손을 들어올렸다. 테이블이라고 해야 대여섯 개가 전부인 다방에는 손님도 그와 문 앞쪽 자리에 앉아 있는 남자 둘뿐이었다.

"찾는 게 어렵지는 않았죠?"

이희상이 앉아 있는 테이블 위에는 커피 잔 대신 양주 한 병과 술잔 두 개가 놓여 있었다. 그는 이미 한두 잔 마신 듯했다.

"네, 금방 찾았습니다. 여기에 이런 다방이 있는 줄은 전혀 몰랐습니다."

"이 다방은 내가 술 한잔 생각날 때 가끔씩 오는 곳입니다. 내 아지트라고나 할까, 뭐 그런 곳입니다. 하하하."

그때 꽃무늬 천으로 가려진 주방 안에서 40대로 보이는 여자가 안주접시를 들고 나와 자연스럽게 이희상의 옆자리에 앉았다.

"어머, 이렇게 젊고 잘생긴 남자 분이 오실 줄은 몰랐네. 잘 부탁합니다. 김수진이라고 해요. 저희 희다방에 오신 걸 환영합니다."

"김 마담, 잘 모셔. 이정인 씨라고, 내가 요즘 크게 도움을 받고 있는 분이니까."

"어머, 이 회장님도 도움을 받는 분이 계세요? 난 이 회장님은 항상 도움을 주시는 분으로만 알고 있었는데. 호호호."

하늘색 짧은 민소매 원피스를 입고, 어깨까지 내려오는 갈색 염색 머리에 진하지만 천박하게 보이지는 않는 얼굴 화장, 거기에다 은은한 향수냄새까지. 그녀는 비록 허름한 다방의 마담이지만 결코 가볍게 볼 만한 여자가 아니라는 걸 한눈에 보여주고 있었다.

"이정인이라고 합니다. 처음 뵙겠습니다."

"예의도 아주 밝으시네. 제가 한잔 드려도 될까요?"

이미 그녀는 술병을 들고 잔을 채우고 있었다.

"네, 고맙습니다."

이정인이 공손히 술잔을 건네받았다.

"이정인 씨, 얼른 한잔하고 김 마담한테 한잔 주지 그래요. 이래 뵈도 한때는 김 마담이 서울 강남에서 아주 날렸었답니다. 하하하"

이희상이 분위기를 띄우며 술이 몇 잔 오고갔다. 김 마담은 이희상이 잔을 비우면 두 손으로 과일안주를 받쳐서 그

의 입안에 넣어 주었다. 깍듯이 예의를 갖추면서 동시에 애
정이 가득 담긴 몸짓이었다. 그를 바라보는 그녀의 눈빛이
그윽했다.

"김 마담, 우리가 긴히 할 얘기가 있어서……."

"아, 네. 그럼 말씀들 나누시고요. 뭐 필요하신 거 있음 언
제든 말씀하세요."

그녀는 바로 말귀를 알아들었다. 그리고 다소곳이 자리에
서 일어나 입구 쪽 테이블로 자리를 옮겼다.

"다른 음식점 가면 아는 사람들 만나고 이런저런 격식도
갖추어야 하고, 난 그런 거 별로 좋아하지 않거든. 그래서
내가 진짜 믿는 사람하고 술 한잔 하고 싶을 땐 여기로 옵니
다. 그러니까 좀 누추해 보이더라도 이해를 해주시고……."

"아, 아닙니다. 저도 편하고 좋습니다."

"난 이곳에서 태어나고 이곳에서 자라난 사람입니다. 물
론 젊은 시절 공부하러 좀 나가 있기도 했지만 C시는 영원한
내 고향입니다. 그래서 내가 이 바닥에선 안면도 좀 있고, 이
런저런 인간관계도 있는 편이지요. 단도직입적으로 얘기합
시다. 어차피 우린 한 배를 탄 사람들이니까."

이희상은 남아 있던 술을 단번에 비우더니 제법 큰 소리

가 나도록 호기 있게 잔을 내려놓았다. 다분히 의도적인 행동이었다.

"이정인 씨가 성빈 교수에 대해 뒷조사를 하고 그쪽에 비상을 걸어 놓은 거 다 알고 있습니다."

이 말을 하며 이희상은 빤히 이정인의 눈을 쳐다보았다. 그리고 재빨리 말을 이었다.

"사실 좀 섭섭했습니다. 그런데 저한테 미리 얘기 안 한 건 분명히 무슨 이유가 있겠지요?"

이정인이 말을 돌릴 틈조차 주지 않았다. 어느 정도 예상은 했지만 역시 무서운 사람이었다. 어제 오후 그의 사무실에서 만났었는데 굳이 오늘 다시 얼굴 맞대고 꼭 해야 할 말이 있다는 전화를 받았을 때, 이희상은 이미 모든 걸 알고 있다는 분위기를 풍겼다. 더군다나 자신의 비밀스런 아지트를 보여주기까지 하는데 이정인 입장에서도 이제 더 이상 갖고 있는 걸 감출 수만은 없는 상황이었다. 패를 꺼내 보일 수밖에 없었다. 이정인이 양복 안주머니에서 준비해온 봉투를 꺼냈다.

"사진입니다. 꺼내 보시죠."

"사진이라……."

별로 놀라는 기색도 없이 이희상은 다섯 장의 사진을 천천히 들여다보았다. 마치 예상이나 한 것 같은 표정이었다.

"새벽에 카페에서 나오는 성빈을 찍으셨구먼. 카페 주인은 틀림없이 여자일 테고. 성 교수가 전날 밤 이 카페에 들어가면서부터 기다렸을 테니까 밤을 꼬박 지새웠을 텐데, 정말 고생 많이 하셨습니다."

이희상은 자신의 잔에 술을 가득 따랐다.

"이 사진을 누구한테 보냈습니까?"

"……."

이정인은 아무 대답도 하지 못하고 이희상의 얼굴을 바라보기만 했다.

"아, 이 사진이 누구에게 먼저 갔는지는 별로 중요하지 않겠군. 이미 저쪽에서는 이 문제에 대해서 대책을 논의하고 있는 상태니까……. 이정인 씨 정말 고생 많이 하셨는데, 물론 이 사진으로 우리가 마음을 먹는다면야 성빈의 도덕성에 어느 정도 흠집을 낼 수는 있겠지요. 그런데 생각을 한번 해보십시오. 저쪽에서 그냥 차 한 잔만 하고 나왔을 뿐이다, 그렇게 우기고 나오면 그 다음엔 어떡할 겁니까? 이 사진만 갖고는 결정적인 증거가 될 수 없잖아요. 그리고 저쪽에서 오

224

히려 우리가 성빈의 뒤를 밟고 또 몰래 사진까지 찍었다고 물귀신 작전으로 나오면, 그럼 또 어떻게 되는 겁니까?"

"네? 이렇게 명확한 증거가 있는데…….'

이정인은 당황할 수밖에 없었다. 이희상의 말대로라면 자신이 확실히 믿고 있었던 패가 오히려 불리하게 작용할 수도 있다는 전혀 뜻밖의 상황이 아닌가.

"더군다나 저쪽에서는 이 모든 일들이 내가 꾸민 짓이라고 생각할 텐데……. 이정인 씨, 그래서 이런 일은 팀워크가 필요한 거예요. 팀워크에서 가장 중요한 게 뭔지 아십니까? 바로 믿음이에요. 이정인 씨와 내가 서로 믿지 못하면 우린 이번 싸움에서 이길 수가 없어요! 고생해서 아주 좋은 생선 횟감을 하나 건지셨는데, 이게 이미 반쯤은 물속으로 다시 들어갈 판이니 이 얼마나 아까운 일입니까."

"죄송합니다. 전 가급적 일을 조용하게 끝내려고 그랬던 건데……."

"이정인 씨가 순진하다는 건 내가 알겠는데, 세상일이란 게 그렇게 간단한 게 아니에요. 무슨 말인지 알겠습니까? 이제부턴 나와 무조건 상의하셔야 합니다. 시간이 없잖아요. 자, 이제부터라도 계획을 다시 한 번 짜봅시다! 아직 칼자루는 우리 손에 있는 거니까."

인생이 가장 고통스런 순간은 언제일까. 죽음? 이별? 실패? 좌절? 상실? 방황? 많은 아픔의 순간들이 있겠지만 가장 견딜 수 없는 것은 삶의 방향이 내 의지가 아닌 남의 손에 의해 좌지우지될 때인 것을 성빈은 뼈저리게 깨달았다.

한 인간으로부터 자유의지를 뺏는다면 그건 곧 그 사람의 죽음을 의미한다. 인간의 역사는 자유를 향한 투쟁의 역사다. 신으로부터, 권력으로부터, 계급으로부터, 인종 혹은 국가와 사회의 억압으로부터 인간은 자유를 쟁취하기 위해 피를 흘리며 싸워야만 했다. 심지어 신과 인간의 관계에서도 신은 선악과를 통해 인간에게 자유의지를 허용했다. 신은 인간이 선악과를 따먹지 않기를 원했지만, 동시에 인간에게 선악과를 따먹을 자유를 부여했다. 인간이 선택할 수 있는 자유의지를 준 것이다. 자유의지가 없다면 인간이 될 수 있는 기본적인 자격조차 없음을 신은 세상을 창조할 때부터 엄숙히 선언했다.

성빈은 자유의지가 박탈된 자신의 모습을 바라보았다. 지금까지 살아온 인생 중 가장 불쌍하고 무기력하고 고통스런 순간이며, 자신의 의지대로는 한걸음도 앞으로 나아갈 수 없고 당당하게 자기 목소리조차 낼 수 없는 상황이었다. 지난 몇 년간 동고동락한 동료 교수들을 향해 제발 이 사슬에서 벗어나게 해달라고 외치고 싶지만, 자신의 모습을 바라보며 한마디도 내뱉을 수가 없었다. 그들 앞에 서 있는 자신은 이미 자신의 모습이 아님을 성빈은 되뇌고 있었다.

아내가 제 발로 찾아왔다. 아내는 어차피 과거처럼 살 수는 없지만 세상을 향해 그럴듯한 모습으로 살아가자고 했다. 사랑하지 않으면서도 쇼윈도 부부처럼 당당하게 살아가자고 했다. 그 말을 들으며 심한 욕지기를 느꼈지만 그는 아무 말도 할 수가 없었다. 이미 오랜 세월 서로 담장 건너 사람들처럼 살아왔는데, 굳이 그녀의 말을 거부할 어떤 명분도 찾을 수 없었다. 그녀 앞에서 자신은 이미 아주 작은 존재였다. 성빈은 서로가 말을 주고받는 것조차 공허하다고 생각했다.

정은채 앞에서는 또 자신의 모습은 어떨까. 이제 부끄러운 치부까지 다 드러난 마당에, 그것도 그녀에게만은 감추고 싶은 은밀한 비밀이 속살 보이듯 다 드러난 마당에 무슨 말을 할 수가 있을까. 슬픈 눈빛, 꼭 다물고 있는 입술, 하고 싶은 말이 있어도 내색 없이 마음속으로 삭힐 그녀의 얼굴이 속절없이 떠올랐다. 그녀의 얼굴을 똑바로 바라볼 엄두가 나지 않았다. 그녀로부터 멀리 도망가고 싶다. 그러나 지금은 한 발자국도 뗄 수 없다.

문득 중학교 시절 탐독했던 전혜린의 『그리고 아무 말도 하지 않았다』가 떠올랐다. 독일 뮌헨의 슈바빙 거리에서 몸서리치게 외로워하며 누군가를 그리워했고, 순수함이 불꽃처럼 활활 타올라 미치도록 방황했던 그녀의 몸부림이 오랜 세월을 거쳐 지금 이 순간 그에게 그대로 전해졌다. 생각하는 것, 살아가야 할 방향, 소중히 여기는 가치 들이 현실과 철저히 유리되어 그 실체마저 찾아볼 수 없을 때 그녀는 스스로 자신을 송두리째 깨뜨리고야 말았다. 두 발을 속절없이 허공에 내딛으며 방향감각 없이 살기엔 그녀의 삶이 너무도 아팠다. 서른 살 젊은 나이로 세상을 떠난 전혜린의 절절한 아픔이 고스란히 느껴졌다. 무슨 말을 할 수가 있을까. 살아있는 내가 진정한 내가 아닌데, 그래서 이미 나는 존재하지 않는데 무슨 말을 할 필요가 있을까.

거실 벽에 걸린 시계는 이미 새벽 1시가 넘었음을 알려주고 있었다. 성빈은 어둠이 짙게 깔린 유리창 밖을 바라보았다. 그와 세상 사이에 깔려 있는 짙은 어둠이 결코 건널 수 없는 검은 강물이 되어 살아있는 모든 존재를 덮어버린 듯했다. 어둠은 침묵과 한편이었다. 그런 어둠을 그는 말없이 바라보고 있었다.

침묵 2

       기사 마감 시간이 가까워오면 여느 언론사와 마찬가지로 C신문사 편집국 사무실도 긴장과 혼돈에 휩싸인다. 컴퓨터 자판을 두드리며 마지막으로 원고를 수정하는 기자들은 사무실 중앙 기둥에 걸린 커다란 원형 시계를 힐끔거리며 시간과의 전쟁을 벌였고, 각 부서의 데스크들은 연신 국장 방을 들락거리며 기사내용을 조율했다. 한두 부서에서는 데스크와 기자 간에 기사를 둘러싼 긴박한 대화가 오가기도 하고, 때로 의견이 충돌하면 거친 말들이 사무실을 날아다니기도 했다. 매일 반복되는 광경이지만 항상 이 시간이 되면 편집국 사무실은 묘한 긴장감에 빠졌다. 오늘은 큰 사건 없이 비교적 조용하게 지나가는 듯했다.

그때 이성필 기자 책상 위의 전화기가 울렸다. 경비실에 손님이 찾아왔으니 1층 현관문으로 내려와 달라는 전화였다. 일찌감치 면피용 기사를 하나 써놓고 인터넷 고스톱 게임을 즐기고 있던 이 기자로서는 1층까지 내려가기가 귀찮기 짝이 없는 일이었다. 방문증을 받아 사무실로 올라오라고 했더니 굳이 아래에서 전해줄 물건이 있다고 했다. 기자 생활 10년차가 되고 보니 살짝 매너리즘에 빠진 것 같기도 하고, 이제 웬만한 제보는 성에 차지도 않았다. 몸이 무거워진 듯했다.

이 기자가 사무실 슬리퍼를 신은 그대로 1층 현관으로 내려가니 기다렸다는 듯이 한 사내가 다가와 해송 장학재단 사무실에서 왔다며 노란 서류봉투를 하나 건네주었다. 역시 그의 예감은 적중했다. 엘리베이터를 타고 올라오는 중에 슬쩍 봉투 안을 들여다보니 사진 몇 장과 함께 흰색 편지 봉투 하나가 따로 들어 있었다. 손으로 전해지는 두툼하고 빳빳한 것이 꽤 적잖은 촌지다. 이희상은 봉투 겉면에 잘 부탁한다는 짧은 메모까지 써 놓았다. 그는 책상으로 돌아와 노트북 전원을 켜고 서둘러 기사를 작성했다. 기사 마감 시간까지 아직 30분 정도 남아 있었다.

"부장님, 제가 따끈한 거 하나 올려놨는데 한번 확인해 보시죠."

"응, 뭐 하나 건졌나? 요즘 이 기자, 힘이 빠졌는지 화끈한 게 너무 뜸해."

사회부장은 이성필 기자를 슬쩍 쳐다본 후 데스크 컴퓨터로 기사검색을 했다.

"이거, 다시 확인 안 해봐도 되겠어? C대학 총장 선거 얼마 안 남았잖아. 그러니까 C대학 총장 선거가 혼탁 양상으로 간다는 건데, 결과적으로 정추위쪽 후보가 더 타격받을 것 같은데……. 선거 앞두고 상당히 민감하겠는걸."

부장의 반응을 기다리던 이 기자가 얼른 대답했다.

"그래서 제가 돌려서 썼잖아요. 사실 구 재단 쪽 비리는 지난번 교육부 감사 때부터 나온 건데, 그걸 정추위 쪽에서 이번 선거에 활용하기 위해서 지난주엔가 성명서 형식으로 돌린 거고요. 이번 성빈 위원장 건은 새로 나온 건데, 구 재단 쪽에서 자기들이 선거에서 불리하니까 상대방 후보의 여자 문제를 들고 나와서 개인의 도덕성에 흠집을 내자, 뭐 그런 거예요. 제가 문제될 만한 사진까지 확보했는데 이것만 기사로 내면 정추위 쪽 후보가 일방적으로 불리하게 될 거 같아서 C대학 총장 선거가 과열 비방전으로 흐른다고 방향을 돌려 잡은 거예요."

"사진은 어떤 사진인데?"

"뭐, 결정적인 건 아니고요. 정추위 쪽 총장 후보가 새벽에 어느 카페 여사장 집에서 나오는 사진이에요."

"그래? 음, 그러니까 정추위 측은 과거 재단 비리랑 엮어서 이번 선거에서 구 재단 쪽이 재단 돈 끌어다가 선거운동한다는 거고, 구 재단 측은 정추위 후보의 여자 문제를 들춰내서 도덕성에 심각한 문제가 있다며 서로 비방전에 나섰다, 이런 얘기네."

부장은 습관적으로 눈을 껌벅대며 머릿속으로는 기사의 적절성과 형평성을 판단했다.

"요즘 대학 총장 선거가 무슨 정치판 선거처럼 분명히 문제가 많긴 한데……. 그런데 이번 C대학 선거는 구 재단 쪽이 워낙 과거에 저질러 놓은 잘못이 많아서 일반적인 여론은 구 재단 퇴진을 부르짖는 평교수들 편이란 말이야……."

"부장님, 여론은 여론이고 기사는 기사대로 나가야 되는 거 아닙니까? 우리도 얼른 마감하고 오랜만에 소주나 한잔 하러 가시죠."

아침에 해가 뜨면 사람이 바깥세상을 바라보는 게 아니라 바깥세상이 사람이 살고 있는 안쪽을 샅샅이 들여다보는 듯했다. 아침 햇살은 연극무대의 조명처럼 여명에서 시작해 눈이 부실 정도로 환해질 때까지 그 강도를 높여가고 있었다. 밤을 지배하던 어둠은 이미 흔적도 없이 사라졌다. 어둠을 무대로 제멋대로 활개를 쳤던 인간 세상의 온갖 욕설, 거짓, 음모, 탐욕, 욕정, 배신, 결탁, 복수의 그림자들이 투명하고 밝은 햇살에 슬금슬금 뒷걸음치더니 내일을 기약하며 어디론가 꼭꼭 숨어버렸다.

유리창을 통해 햇살이 거실 안까지 들어왔다. 목욕탕에서 옷을 벗은 것처럼 거실의 속살이 숨김없이 드러났다. 컴퓨터가 놓인 창가의 책상 위엔 책 몇 권과 서류들이 어지럽게 뒤섞여 있고, 커피를 마신 머그잔 밑바닥엔 커피자국이 볼품없이 말라붙어 있었다. 밤새도록 켜놓은 앉은뱅이 선풍기는 쉴 새 없이 좌우로 회전하며 소파 쪽을 향해 바람을 일으켰다. 거실 바닥엔 피자 포장상자가 양쪽으로 활짝 열린 채 속을 내보이고 있고, 두어 조각 잘려나간 피자는 바짝 마른 채 원래의 둥근 형체를 유지하고 있었다. 선풍기 바람에 날린 듯 신문지 몇 장이 소파 다리에 걸려 있고, 소파 위엔 와

이셔츠와 청바지 차림의 성빈이 길게 드러누워 있었다. 어제 옷차림 그대로였다. 충전기에 꽂혀 있던 휴대폰의 음악 소리가 길게 울리며 반수면 상태의 그를 깨웠다.

"도대체 일처리를 어떻게 한 거야? 조금 전에 인터넷 연합기사로 확인했는데 당신 기사 떴어. C신문 기사를 그대로 받은 것 같은데, 왜 후보사퇴 안 했어? 정말 창피해 죽겠어. 어쩜 이럴 수가 있어! 내가 미리 알려줬는데도 왜 뒤처리를 못하고……. 아, 이제 우리 부부관계도 이쯤에서 끝내도록 해! 그게 좋겠어. 난 지금 출근해야 하니까 할 말 있음 나중에 전화해."

"……."

생각할 겨를도 없이 또다시 휴대폰이 울렸다. 이번엔 정추위 최 교수의 목소리였다.

"위원장님, 그저께 위원장님이 말씀하신 내용을 이희상 쪽에서 신문사에 흘린 것 같습니다. 오늘 C신문 사회면에 기사가 제법 크게 났습니다. 그런데 위원장님 건만 다룬 건 아니고 구 재단 쪽 비리도 함께 엮어서 C대학 총장 선거가 비리폭로전으로 가고 있다, 기사 방향은 그렇게 잡았네요. 이희상이 선거에 불리하니까 마지막 발악을 하는 거다, 그렇게 생각하시고 마음 굳게 잡수십시오. 우리 쪽이 더 크게 상처를 입겠지만 어떡하겠습니까. 성 위원장님껜 죄송한 말씀이지만 오히려 이렇게 터져버리는 게 나을 수도 있습니다. 이제 저쪽에서 더 이상 장난 칠 일은 없어지는 거니까요. 선거인단 표 중에 몇 표 손해 볼 수도 있겠지만 대세엔 상관없을 테니까 너무 걱정하실 필요도 없고요. 이따 오후 회의는 나오실 거죠? 아니, 불편하시면 그냥 집에서 쉬셔도 됩니다. 오히려 2, 3일 집에 계시는 게 나을 수도 있겠네요. 이따 임원회의 끝나고 다시 전화 드리겠습니다."

"……"

성빈은 꼼짝없이 소파 위에 누워 있었다. 천장 위에 붙어 있던 파리 한 마리가 거실 허공을 이리저리 날아다니더니 바닥에 깔려 있는 피자 위로 사뿐히 내려앉았다. 엄청난 먹잇감을 즐기려는 듯 피자 주변을 계속 맴돌았다. 성빈은 벌떡 자리에서 일어났다. 성찬을 즐기려던 파리가 윙하고 허공 위로 솟구쳐 올랐다. 열려 있던 피자상자를 포개 닫은 후, 성빈은 거실 유리창을 통해 멀리 하늘 밑으로 병풍처럼 펼쳐진 산을 바라보았다.

짙은 초록빛 산등성이가 마치 태곳적부터 그 자리에 있었던 것처럼 묵묵히 제자리를 지키고 있었다. 산은 아무 말이 없다. 철따라 옷을 갈아입으며 자신의 존재를 알릴 뿐 굳이 거대한 몸을 흔들어대거나 움직이지도 않는다. 세상을 향해 소리치지지도 않는다. 산은 자신에게 달려드는 모든 것들을 포용하고 있다. 바람이 불어오면 바람에 몸을 맡기고, 비나 눈이 내리면 온몸으로 그것들을 받아낸다. 누군가 산을 찾으면 아낌없이 자리를 내주고, 아무 말도 없이 떠나도 결코 슬퍼하거나 노하지 않는다. 성빈은 그런 산을 닮고 싶지만 그게 불가능하다는 걸 너무도 잘 알고 있었다. 온갖 번뇌와 잡념들이 머릿속을 어지럽게 했다. 눈앞에 떠오르는 얼굴들에게 구차한 변명도 하고 싶고, 세상을 향해 절규하듯 소리를 질러 보고도 싶었다.

30년도 훨씬 지난 아주 오래된 일이었다. 강한 햇살이 직각으로 머리를 내리쬐는 여름 오후, 삭막한 모래운동장엔 나무 몇 그루가 겨우 체면치레를 하고 있었다. 짧게 머리를 깎은 여드름투성이인 60여 명의 남학생들은 다 같이 얼룩무늬 제복을 입고 나무로 깎아 만든 모형 M16 소총을 들고 서 있었다. 지금은 사라진 고등학교 교련 시간이었다. 선생은 눈을 부릅뜬 채 꽤나 단단하게 생긴 지휘봉을 들고 학생들을 향해 지휘봉만큼이나 절도 있는 목소리로 호령했다. 자신의 명령에 따라 일사분란하게 움직이지 않으면 그는 본보기로 학생 하나를 앞으로 불러내 들고 있던 지휘봉으로 엉덩이를 후려치거나, 그것도 성에 차지 않으면 어깻죽지나 옆구리를 기분대로 갈겼다. 성빈은 나무로 된 소총으로 군인들처럼 무술훈련을 하는 게 너무도 싫었다. 어영부영 마지못해 동작을 따라하던 그는 단골 총알받이가 될 수밖에 없었다. 어느 날 선생은 그를 또다시 앞으로 불러내 지휘봉으로 그의 몸을 쿡쿡 찌르며 다그쳤다.

"야, 임마! 내가 왜 자꾸 너를 불러내는지 알아?"

"……."

"어쭈구리, 대답 안 해? 네가 뭘 잘못했는지 빨리 대답해!"

"……."

그는 선생을 똑바로 쳐다볼 뿐 입을 꼭 다문 채 아무 말도 하지 않았다.

"이것 봐라. 그러니까 네가 나랑 한번 해보자 이거지!"

선생은 열이 뻗쳐 모자를 벗어던지고 그의 따귀를 갈겼다.

"이래도 대답 안 해?"

"……."

성빈은 선생한테 맞아 죽어도 대답을 안 하기로 결심을 했다.

같은 반 친구들 앞에서 얼마를 맞았는지 한참이 지난 후 반장이 뛰어나와 선생을 말렸고, 몇 명의 다른 학생들도 함께 뛰어나와 선생의 날뛰는 몸짓을 막아섰다. 분이 풀리지 않은 선생은 거친 숨을 씩씩대며 말리는 학생들을 향해 지휘봉을 휘둘렀고, 몇몇 학생들은 맞을까 봐 뒤로 물러서서 홀쩍댔다. 그렇게 아수라판이 된 교련 시간이 끝난 후, 성빈은 반 학생들의 부축을 받으며 교실로 돌아갔다. 교실에선 어느 누구도 말을 하지 않았다. 그 후 그는 교련 시간에 더 이상 선생한테 매를 맞지 않았고, 선생은 그에게 의도적으로 눈길조차 주지 않았다.

침묵이 때로는 자신의 생각과 의지를 가장 솔직하게 표현한다는 사실을 성빈은 잘 알고 있었다. 말을 하지 않아야 할 때 거추장스런 말을 하는 것은 거짓을 말하는 것이고 때로 자신을 속이는 일이었다. 30여 년 전 치욕을 당하면서도 침묵을 지키는 것만이 교련 선생의 폭력에 이길 수 있는 유일한

길임을 그는 본능적으로 알고 있었다. 매를 맞은 얼굴은 일그러질 대로 일그러졌지만 그의 의식은 또렷하고 당당했다.

그리고 대학 시절 독재 권력의 폭압이 난무했을 때, 그는 아무 말 없이 묵묵히 자신의 자리를 지키고자 했다. 집회가 있으면 참여했고, 행진이 필요하면 대오 앞줄에 서서 힘을 모으는 일에 앞장섰다. 이쪽과 저쪽에서 수많은 언어와 선전, 선동이 봇물처럼 쏟아졌지만 그는 말없이 행동했고 침묵으로 저항했다. 굳이 말이 필요치 않았다. 말이 필요치 않을 때 말을 하는 것은 자신의 행동을 합리화하려는 것일 뿐 진실과는 상관이 없다고 생각했다.

이제, 세월이 지나 그는 또다시 침묵하고 있었다. 아내에게 동료교수들에게 그리고 세상을 향해 그는 아무 말도 하지 않고 입을 다물고 있었다. 아니, 아무 말도 할 수가 없었다. 성빈은 문득 생각했다. 지금의 침묵은 정당한 것인가.

거울과의 대화

지하철 역사를 빠져나오자 바람이 불었다. 늦
가을 바람이 을씨년스러웠다. 빛바랜 낙엽들이 보도 위를
뒹굴며 흘러갔다. 말끔하게 정장을 한 남자들이 바지 주머
니에 손을 찔러 넣은 채 무표정한 얼굴로 바쁜 걸음을 내딛
었고, 실크 머플러로 한껏 멋을 낸 여자들은 두세 명씩 짝을
지어 걸으면서 쉴 새 없이 말을 했다. 그 중 한 명이 춤추며
떨어지는 나무 잎사귀를 향해 손을 뻗었다. 빌딩 숲 사이 도
로에는 자동차들이 달리다가 멈추고 또 잠시 달리다가 멈추
고를 반복하며 꼬리를 물고 긴 행렬을 이루고 있다. 뒷꽁무
니에서는 매연가스가 쉴 새 없이 아스팔트 위로 퍼져 나갔
다. 그래도 늦은 오후의 하늘 빛깔은 파란색 물감을 들인 듯

청명했다. 새로 생긴 특급호텔과 초고층 빌딩들이 스카이라인을 완전히 바꾸어 놓긴 했지만, 몇 블록 앞에 우뚝 서 있는 63빌딩은 변함없이 여의도의 주인인 듯 위용을 자랑하고 있었다.

성빈이 M방송사 후문 골목으로 들어서니 낙엽들이 꽤나 수북이 쌓여 있었다. 도시 뒷골목의 늦가을은 더욱 황량했다. 큰 도로변과 달리 구겨진 광고전단지와 각종 유흥업소 종사자들의 명함, 거기에다 바람에 휩쓸려 다니는 일회용 종이컵까지 뒤섞여 여느 도시의 뒷골목처럼 꽤나 지저분했다. 그는 길 건너편 커피전문점으로 서둘러 발길을 옮겼다. 시계를 보니 약속 시간까지는 아직 20여 분이 남아 있었다.

성빈은 아주 오랜만에 커피 주문 행렬에 서 있는 자신의 모습이 영 어색했다. 그는 주문한 아메리카노 한 잔을 받아들고 2층으로 올라갔다. 창가 쪽 빈자리에 앉아 주변을 둘러보니 TV에서 보았던 유명 개그맨도 보이고, 이름은 모르겠지만 얼굴이 눈에 익은 젊은 여가수도 눈에 띄었다. 방송사 근처다 보니 대부분 방송 관계 일을 하는 사람들인 모양이다. 그들은 다른 사람들에겐 아무 관심도 없다는 듯 자기들 대화에 열을 올리고 있었다. 마치 방송사 건물 안에 들어와 있는 듯했다. 그가 커피를 반쯤 마셨을 무렵 갈색 코트 차림의 서영교가 계단 위로 올라섰다. 코트 주머니에 두 손을 집어넣은 채 이리저리 눈길을 돌리던 그녀가 성빈을 발견했다.

"미안해. 여기까지 오게 해서. 요즘 개편 철이잖아. 어머, 여기 왜 이렇게 연예인들이 많아! 쟤들 아마 새 프로그램 들어가려고 저렇게 죽치고 앉아 있는 걸 거야. 아, 늦었지만 축하해. 그렇게 힘들었던 선거 이겼으니까."

서영교는 활기에 찼다.

"바쁜데 시간 내줘서 고마워."

성빈이 간단하게 인사를 건넸다.

"그런데 그 대학도 정말 웃겨! 선거 끝났으면 빨리 총장 선임시켜서 학교 제대로 돌아가게 해야지. 세상에 그런 법이 어디 있어. 벌써 몇 달째 그러고 있는 거야?"

"……."

서영교는 계속해서 총장 선거와 관련한 얘기를 꺼냈지만, 성빈은 그에 대해 별로 말하고 싶은 마음이 아니었다.

"아, 미안해. 내가 남의 학교 얘기할 때가 아니지. 그래, 서로 바쁜 처지니까 용건부터 얘기해. 나를 보자고 했을 땐 무슨 할 얘기가 있었을 테니까."

　성빈의 눈길은 서영교의 귀에 달려 있는 은색 귀걸이를 향하고 있었다. 그는 왠지 그녀의 눈을 정면으로 바라보지 못했다. 며칠 전 성빈이 먼저 만나자고 전화했을 땐 간단히 용건만 말하면 될 것 같았다. 그러나 막상 그녀와 마주하고 나니 생각했던 것과는 무척 상황이 달라진 느낌이 들었다. 몇 달 전 관계를 끝내자고 한 그녀의 말이 아직도 귓가에 생생한데 지금 그를 대하고 있는 그녀의 분위기는 그때와는 사뭇 달랐다. 예상 밖의 담담하고 활기찬 서영교의 태도가 성빈을 혼란에 빠뜨렸다. 총장 선거 이후 성빈 스스로 마음을 정리하기까지 겪어야 했던 온갖 일들이 그의 머릿속을 스쳐갔다.

　치열하게 치러졌던 총장 선거 결과는 그야말로 박빙이었다. 선거 막판에 터진 성빈의 스캔들 보도와 이희상의 C대학을 다시 손아귀에 넣기 위한 사생결단으로 인해 투표를 며칠 앞둔 시점부터는 어느 쪽이 승리할지 결과를 쉽게 예측할 수 없었다. 나중에 나온 얘기지만 이희상이 투표 전날 밤 돈이 먹힐 만한 선거인들을 대상으로 수백만 원의 돈 봉투를 뿌렸다는 소문이 파다하게 퍼졌었다. 뚜껑을 연 두 후보 간의 표차는 겨우 세 표에 불과했다. 정추위 쪽 사람들은 겉으로는 승리를 거두었다며 환호했지만 내심 당황할 수밖에 없었다. 압도적인 승리를 거둔 후 혹시 빚어질지도 모르는 선거 후유증이나 사소한 시비들을 거침없는 승리의 깃발로 헤쳐가려 했는데, 아슬아슬한 선거결과에 모두들 불길한 기운을 느꼈기 때문이다.

그리고 그 기우는 현실로 다가왔다. 관선이사회의 중립적 인사인 C지역 국립대학 총장 출신의 이사장이 총장인준을 위한 이사회의 소집을 차일피일 미루더니 돌연 이사장직을 사퇴해버린 것이다. 이희상 쪽에서 손을 썼다는 소문이 파다했지만 그건 그야말로 소문일 뿐이었다. 이사회가 열리기 위해선 과반수인 이사 네 명이 회의에 참석해야 하는데, 구재단 측에서 추천한 세 명의 이사가 모두 불참을 할 경우 정추위 측에서 추천한 세 명의 이사로는 이사회 회의 자체가 성립이 되지 않는 묘한 상황이 되었다. 어느 누구도 예상치 못한 결과였다. 이사회가 열리지 않으니 총장 인준은 자연 표류할 수밖에 없었다.

C대학의 앞날에 또 다른 암운이 짙게 깔렸다. 정추위 측

세 명의 이사가 이사회 소집 안건을 계속 제출했지만, 이희상의 영향력 아래에 있는 또 다른 세 명의 이사는 요지부동이었다. 교수회를 비롯한 총학생회와 지역 언론이 함께 나서서 C대학 정상화를 위한 이사회 소집을 촉구했지만, 이또한 시간이 흐를수록 동력을 잃어가고 있었다. 교육부는 여론의 동향을 살피며 몇 번의 중재 노력을 했지만 그 후로는 별다른 조치를 내놓지 않았다. 이런 상황이 이어지면서 C대학 문제에 대해 지역주민과 여론은 차츰 피로감을 느끼기 시작했다. 어느 누구도 말은 하지 않았지만 막강한 돈과 권력 앞에 이제 더 이상 뾰족한 방법이 없다는 좌절감과 패배감이 C대학 곳곳에 배어들고 있었다. 이희상은 선거가 시작되면서부터 이 모든 상황을 간파하고 있었다. 선거에서 비록 지더라도 어지간히 쫓아가기만 하면 인맥과 돈으로 전체 판을 흔들 수 있다는 생각을 처음부터 하고 있었던 것이다. 그의 계산에는 오래 버티기만 하면 이 판에서 이길 수 있다는 것도 포함되어 있었다.

결국, 영광의 자리에 서 있어야 할 성빈에게 남은 것은 상처뿐이었다. 비록 선거에서 이겼다고는 하지만 그는 결코 웃을 수조차 없었다. 축하한다는 격려의 말도, 악수하자고 건네는 손길도, 어쩌면 주변사람들의 눈길까지도 그는 마음 놓고 받아들일 수가 없었다. 선거 당일, 그는 개표결과를 전해 듣고 조용히 정추위 사무실을 빠져나왔다. 끊임없이 울려대던 휴대폰의 전원을 아예 끄고 숙소에서 혼자 소주 몇 병으로 밤을 보냈다. 그리고 그날 이후 성빈은 정추위회의 참석조차 하지 않았고, 일주일에 두 번 있었던 수업 외에는 학교에도 얼씬거리지 않았다. 성빈은 대부분의 시간을 숙소에서 보냈다. 그의 침묵은 깎지 않은 수염 길이만큼 계속 길어졌다. 그렇게 시끌벅적했던 총장 선거가 끝났지만 학교에는 아무런 변화가 일어나지 않았다. 모두가 손을 놓고 있었고, 시간은 대책 없이 흘러가고 있었다.

한 달이 지나고 또 한 달이 지나 계절은 여름에서 가을로 바뀌었고, 아파트 유리창 밖으로 노랗게 물든 은행 나뭇잎들이 툭툭 소리 내며 떨어졌다. 창밖을 바라보던 성빈은 목욕탕으로 들어가 덥수룩이 자란 수염을 말끔하게 잘라냈다. 오랜만에 말끔해진 거울 속 자신을 바라보며 그는 마치 연극배우가 대사를 연습하듯 말했다.

"더 이상의 침묵은 의미가 없는 거지?"

거울 속의 그가 대답했다.

"그래, 이건 바보 같은 짓이야!"

성빈이 마치 새로운 사실을 깨우친 듯 말했다.

"맞아! 어느 때부턴가 침묵하는 나 자신이 우습기도 했어. 하지만 계속 침묵하다 보니까 말을 안 하는 게 편해졌고, 그러다보니 그냥 습관처럼 말을 안 하게 돼버렸거든."

다시 거울 속의 그가 대화를 이어갔다.

"그럼 이제부터 말을 해. 가슴속에 담아둔 말을 하란 말이야. 어느 누구도 너의 존재에 대해 관심을 갖지 않아. 너의 침묵을 어느 누구도 알아주지 않는단 말이야!"

그의 얼굴 표정이 심각하게 바뀌었다.

"그럼 지금까지 살아온 나는 뭐지? 만약 나를 위해 살아왔다면 난 지금의 모습처럼 살지는 않았을 거라고."

거울 속의 또 다른 그가 냉소적인 표정을 지었다.

"그렇지 않아. 지금까지 살아온 것도 다 너 스스로가 원해서 살아온 너의 삶일 뿐이야. 다른 사람을 위해 살아왔다는 건 그건 다 너의 착각이야. 그러니까 이제부터 진짜 네가 원하는 삶을 살아가면 돼. 그러면 되는 거야!"

"내가 원하는 대로 살아간다고? 그러면 되는 거라……,

이거지?"

성빈은 거울에 비친 자신의 모습을 바라보며 자신이 정말 원하는 삶이 무엇인지 생각했다. 그리고 다짐했다. 이젠 자신이 원하는 삶의 행로를 걸어가기로.

"무슨 생각을 그렇게 해? 하고 싶은 얘기 있으면 해."

서영교가 커피 잔을 들어 올리며 성빈을 바라보았다.

"아, 그래. 얘기해야지. 음, 지난번에 당신이 말한 우리 관계 정리하자는 거, 그동안 내가 너무 정신이 없어서……. 이제 당신이 원하는 대로 해주려고."

그녀가 흠칫 놀란 듯 커피 잔을 내려놓았다.

"그러고 싶어?"

"그러고 싶은 게 아니라 당신이 먼저 우리 관계를 정리하자고 한 것에 대해서 지금 내 의사를 밝히는 거야."

"그렇지. 음…… 이제 당신 생각이 그렇게 정리됐단 말이네."

"……."

그가 아무 말 없이 그녀를 바라보았다.

"알았어. ……그럼, 우린 서로 남남이 되는 거네."

서영교가 약간 어색한 표정으로 상황을 정리했고, 성빈이 그녀의 말을 받았다.

"그래, 그게 우리 두 사람을 위해 좋을 것 같아."

창밖으로 바람이 부는 듯 나뭇가지에 붙어 있던 빛바랜 잎사귀들이 허공을 향해 흩어지고 있었다.

바흐 음악은 흐르고

　　'목련꽃 핀 날' 유리창으로 C대학의 늦가을 풍경이 한눈에 들어왔다. 마치 빛바랜 주황색 양탄자를 깔아놓은 듯 플라타너스 낙엽들이 캠퍼스 길을 따라 수북하게 쌓였다. 앙상한 나뭇가지 사이로 쌀쌀맞아 보이는 푸른 하늘빛이 고고한 자태를 뽐내고, 한참 낡은 붉은색 벽돌 건물이 운치를 더했다. 까마귀 한 마리가 한가로이 벤치 위에 올라앉아 주인행세를 하고 있었다. 헤이즐넛 향이 좋아 정은채는 벌써 두 번째 커피 리필을 했다.

　　"쟤들은 겨울에 안 추울까요?"

　　"글쎄, 까마귀는 철새도 아니니까 따뜻한 남쪽 나라로 날아가는 것도 아니고, 겨울이면 털이 더 많이 날까?"

김명진이 말을 마치자 벤치에 앉아 있던 까마귀가 힘차게 날갯짓을 하며 훌쩍 날아가 버렸다.

  "쟤가 우리가 말하는 걸 들은 모양이네."

  "그러게요. 쟤들이 가끔 부러울 때도 있어요. 어디든 자기 가고 싶은 대로 날아가잖아요."

  "은채 씨, 어디 날아가고 싶어요?"

  "어떨 때는요."

  "정말 날아가야 할 사람은 나지. 연예인도 아닌데 스캔들 기사의 주인공도 돼 보고."

  "⋯⋯."

  잠시 어색한 침묵이 흘렀다. 둘은 말없이 창밖을 바라보았다. 방금 날아갔던 까마귀가 짝을 끌고 돌아왔는지 벤치 위에 까마귀 두 마리가 걸터앉아 가을 햇살을 즐기고 있었다. 가을엔 사람들이 아무 말을 하지 않아도 천지사방 어디서나 나무와 잎사귀와 바람과 하늘 그리고 가을의 전령들이 전설 같은 얘기들을 펼쳐낸다. 태곳적부터 내려오는 이 자연이 전해주는 신비스런 전설 앞에 인간이 만들어내는 온갖 희로애락은 얼마나 가볍고 작위적인가.

  "제가 재미있는 얘기해 드릴까요?"

"은채 씨도 재미있는 얘기할 줄 알아?"

"어쩜, 재미없을 수도 있어요. 신문에 났던 스캔들 기사……, 누가 제보한줄 아세요?"

"그거야 나도 들은 얘기지만 구 재단 쪽에서 한 걸로 알고 있는데, 누군지 밝혀졌어요?"

정은채는 커피 한 모금을 천천히 마신 후, 두 눈이 동그라진 김명진을 바라보았다.

"성 교수님 뒤를 밟고, 몰래 사진 찍고, 그리고 총장 선거에서 물러나라고 협박까지 한 사람이 바로 이정인이에요."

"뭐라고요? 정인 씨가 어떻게 그럴 수가?"

"그 신문기사 나기 전 날 정인이가 저한테 전화를 했었어요. 꼭 만나서 할 얘기가 있다고 계속해서 만나자고 하는 걸 제가 싫다고 하니까, 성 교수님 나쁜 사람이고 위선자라고 그러면서 절대로 총장 안 될 거라고 그러더라고요. 그리고 바로 다음 날 신문에 기사가 난 거예요. 저도 많이 놀라긴 했지만 사실 그때만 해도 설마 정인이 이 일에 직접 관계된 줄 몰랐어요. 그런데 총장 선거 끝나고 며칠 안 됐을 때 저희 다문화센터 운영위원인 사회학과 양 교수님이 그러시더라고요. 신문기사 때문에 선거 결과가 예상 밖으로 나와서 너무 속상하고 틀림없이 뭔가 음모가 있는 것 같아서 교수님 몇 분이 성 교수님 숙소하고 자동차 다 뒤져봤대요. 그 랬더니 자동차 밑바닥에서 위치추적기가 나왔다는 거예요. 정추위 교수님들이 모두 흥분해서 경찰에 고소하자고 했는데, 정작 성 교수님은 총장 선거하고 아무 관계없는 사람들이 다칠 수 있다면서 고소는 절대 안 된다고 하셨대요. 사실 그때부터 정인이가 조금씩 의심이 되더라고요. 그런데 얼마 전에도 정추위 임원들이 재단이사회 열려면 구 재단을 고소하는 수밖에 없다고, 성 교수님 댁까지 찾아가서 설득했는데 성 교수님은 꼼짝도 안 하셨다는 거예요. 상황이 이렇게까지 되니까 그냥 가만히 있을 수가 없더라고요. 그래서 지난주에 제가 정인이에게 전화를 했어요. 성 교수님 총장 안 되는 게 그렇게 좋으냐고, 도대체 뭐 때문에 성 교수님 자동차에 위치추적기까지 달아가면서 몰래 뒤를 밟고 사진 찍고 신문사에 제보까지 했냐고, 제가 무턱대고 물었더니 처음엔 아무 말 안하더라고요. 계속해서 제가 왜 그렇게 성 교수님 괴롭히고 나쁜 짓 하냐고 다그치니까 그제야 자기가 왜 그럴 수밖에 없었는지 아직도 그 이유를 모르겠냐며 오히려 저보고 제발 정신 차리라고 소리를 지르더라고요."

독백하듯 말을 이어가던 정은채는 난감한 표정을 짓고 있는 김명진을 바라보며, 얘기하는 자신도 어이가 없다는 듯 쓴웃음을 지어 보였다.

"별로 재미없는 얘기죠?"

"은채 씨. 나야 한번 지나가면 그만인 일이지만 내가 은채 씨 마음 다 아는데 그동안 두 사람 사이에서 얼마나 힘들었을지 충분히 짐작이 가요. 성 교수님께 말씀은 드렸나요?"

"아니요. 안 그래도 힘드실 텐데 도저히 말씀 못 드리겠더라고요. 아마 성 교수님은 정인이가 그랬다는 걸 다 알고 계신 것 같아요. 그러니까 다른 교수님들이 고소하자는 걸 반대하시는 거고요. 돌이켜보면 모든 게 다 제 잘못이에요. 결국 정인이 저렇게 된 것도 제가 잘못해서 그런 거고, 성 교수님 지금까지 이렇게 힘들게 만든 것도 다 저 때문이고, 또 사장님까지도……."

정은채는 더 이상 말을 잇지 못하고 머리를 떨구고야 말았다. 카페에 오기 전 결코 눈물만은 보이지 않겠다고 몇 번이나 다짐을 했건만 다 소용없는 짓이 돼버렸다.

그런 그녀를 김명진은 물끄러미 바라봤다. 지금 정은채의 마음이 어디를 향하고 있는지, 그녀가 이렇게 아파하는 이유가 무엇인지 김명진은 모든 걸 다 알고 있기에 선뜻 위로의 말을 건네기가 힘들었다. 그래도 김명진은 차라리 울 수 있는 그녀가 부러웠다.

테이블 위에 매달린 주황색 갓등 아래로 백열등의 뿌연 조명이 '희다방' 실내를 밝히고 있었다. 어두침침한 실내에는 다방 분위기와 어울리지 않게 바흐의 골드베르크 변주곡이 흐르고 있었다. 구석자리에 앉은 두 남자의 분위기 또한 음악과는 전혀 어울리지 않았다.

"왜 고소를 안 하나? 명예훼손이나 협박죄로 고소를 하면 법적으로 모든 게 깨끗하게 해결될 거 아닌가?"

비아냥거리는 표정으로 이희상이 말했다.

"그 얘긴 그만하지. 내가 문제를 삼지 않겠다는데 자꾸 고소하라는 당신 속마음 다 알고 있으니까."

성빈은 상대방의 마음을 꿰뚫어보려는 듯 이희상의 두 눈을 응시했다.

"내가 오늘 보자고 한 건 정말 당신 속마음을 알고 싶기 때문이야. 당신 말대로 그렇게 지키고 싶은 이 학교 이대로 그냥 주저앉게 할 건지, 아님 무슨 생각이라도 있는 건지 진짜 당신의 진심을 알고 싶네."

"진심을 알고 싶다?"

이희상이 말을 멈추고 입구 쪽을 향해 담배 한 갑을 주문했고, 김 마담이 달려와 담배에 불까지 붙여서 이희상의 입에 물려주었다. 두 남자의 팽팽한 기 싸움을 느꼈는지 평소같으면 의례적인 애교라도 부렸을 그녀가 슬쩍 두 사람을 곁눈질하더니 아무 말 없이 자기 자리로 돌아섰다.

"김 마담, 오늘 다방 분위기가 왜 이래? 음악이 이상하잖아!"

걸어가던 그녀가 고개를 살짝 돌렸다.

"왜요? 지난번 예술의전당 콘서트 갔을 때 회장님이 좋다고 하셔서 CD 사다놓은 건데……."

"그래? 그럼 그냥 놔둬."

이희상은 담배 한 모금을 길게 들이마시고 내뿜었다. 그리고 뭔가 결심이 선 듯 성빈을 바라보고 말했다.

"내가 당신 때문에 이 담배 다시 시작한 거 아냐? 성빈 교수, 당신 참 대단한 사람이란 거 인정하지. 웬만한 놈들 같았으면 벌써 나가떨어지고도 남았을 텐데 말이야. 아직까지 버티고 있으니까 이젠 나도 인정 안 할 수가 없지. 그래, 난

이 학교 지킬 거야. 무슨 짓을 해서라도 이 학교만큼은 지켜야겠어. 나도 오기가 있으니까 말이야. 무슨 생각이 있냐고? 좋아, 내 계획을 말해 주지. 아니, 계획이라고까지 말할 것도 없어. 지금 막 생각한 거니까. 이렇게 하면 어떨까? 내가 당신을 말 그대로 인정해주는 거지. 성빈을 C대학의 11대 총장으로 말이야. 당신이 총장이 되는 거라고! 구미가 당기지 않나? 그렇게도 지독하게 싸워서 우리 집안이 3대에 걸쳐서 일궈 놓은 C대학을 마침내 접수하는 건데, 기분이 어떤가? 자, 그럼, 이제 내 제안이 마음에 든다면 당신이 나한테 해주는 것도 당연히 있어야 되겠지. 머리 잘 돌아갈 테니까 한번 생각해 봐. 당신은 나한테 뭘 해줄 수 있겠나?"

"……."

성빈은 이희상의 말에 선뜻 대답을 할 수 없었다. 전혀 예상치 않은 제안이었다.

"하하하! 뭘 그렇게 놀라나? 아주 쉬운 얘기야. 학교를 살리려면 당신하고 나하고 손을 잡는 수밖에 다른 방법이 없어. 나도 싫고 당신도 싫은 일이지만 어쩔 수 없는 일 아닌가. 내가 답을 말해주지. 당신은 총장이 되고, 난 재단이사장이 되는 거야. 한마디로 적과의 동침인 셈이지. 무슨 말인지 이해가 되나? 우리 둘이서 C대학을 같이 책임지는 거라고. 어때, 이 정도 거래라면 한번 해볼 만하지 않은가? 당신들은 그렇게 목숨 걸고 하고 싶었던 학교 운영 한번 해 보는거고, 나는 구차한 모양새긴 하지만 당신 도움을 받아서 원래 내 자리 찾아가는 거지. 내 생각이 어떤가?"

성빈은 이희상 앞에 놓인 담뱃갑에서 담배 한 개비를 꺼내 입에 물었다. 이희상이 적과의 동침을 해 보자는 의지의 표현인지 라이터를 켜서 담뱃불을 붙여주었다. 성빈은 담배 연기를 살짝 입으로 내뿜었다. 기침이 나오려는 걸 억지로 참아냈다.

"의외군. 당신이 우리 존재를 인정하는 것 자체가 그래도 진일보한 거라고 생각하네. 사실 오늘 보자고 한 건 학교를 위해서 당신에게 마지막으로 내 생각을 한번 얘기하려던 것이었는데, 어쩌면 예상 밖으로 일이 쉽게 풀릴 수도 있겠군. 자, 이렇게 하면 어떻겠나? 난 총장 할 생각이 없네. 내일이라도 총장 당선자 신분에서 사퇴하겠네. 그러니까 당신도 재단이사장 할 생각은 접어야 되겠지. 그리고 정추위와 당신네 구 재단 쪽에서 모두 찬성할 수 있는 인물을 총장과 재단이사장으로 합의 추대하는 거네. 구체적으로 말해서 정추위에서는 총장 후보군을, 당신네 구 재단 쪽에서는 재단이사장 후보군을 서로 내놓은 후 교차 승인하는 방식이 되는 거지. 이건 적과의 동침이 아니라 학교를 살리기 위해 서로를 인정하면서 양쪽 모두 공존하자는 얘기네. 서로 합의만 된다면 재단이사회를 하루빨리 정상화시켜서 단일 후보로 총장 선거부터 치르면 되니까 빠르면 한 달 안에 학교를 정상화시킬 수 있을 거네. 어떤가?

"……."

이번에는 이희상이 성빈의 얼굴을 빤히 쳐다보면서 잠시 멍한 표정을 지었다. 성빈의 제안이 선뜻 이해가 되지 않는 듯했다. 잠시 후 이희상은 자세를 바꿔 성빈 쪽으로 바짝 다가앉으며 말했다.

"그럼, 우리 재단을 인정해 주겠다는 건가?"

"내 임무는, 그리고 내 능력은 여기까지라고 생각을 정리했네. 당신 재단을 인정하고 안 하고는 이제 남아 있는 사람들 몫이고, 무엇보다 당신이 앞으로 어떻게 하느냐에 달려 있는 거겠지. 내 제안에 동의한다면 정추위 회의 열어서 공식적으로 안건에 붙일 거고, 문제없이 일이 진행되면 난 이 학교를 완전히 떠날 생각이네."

"그럼 성 교수, 당신은 도대체 뭘 위해 그렇게 오랜 세월 동안 지독하게 싸웠나?"

"글쎄, 난 그냥 내가 있어야 할 자리에 있었던 것뿐이네. 나도 모르게 여기까지 오게 된 거고, 그리고 떠나야 할 때가 돼서 떠나는 거고."

골드베르크 변주곡이 어두침침한 '희다방'에 흐르는 강물처럼 이어지고 있었다.

마지막 인사

　　사회과학대 321호 강의실이 빈자리 없이 학생들로 채워졌다. 평소 같으면 30여 명으로 수업이 진행되는 '시민사회운동론' 강의에 100여 명의 학생들이 웅성거리며 앉았고, 일부 자리가 없는 학생들은 뒷자리에 서서 수업이 시작되기를 기다리고 있었다. 성빈이 강의실 문을 열고 들어서자 일부 학생들이 박수를 하면서 자리에서 일어섰고, 눈치를 보던 나머지 학생들도 모두 박수를 하며 따라 일어섰다. 어리둥절한 채 교탁 앞에 선 성빈이 아무 말 없이 강의실을 둘러보았다. 원래 수강신청을 한 2, 3학년 학생들뿐만 아니라 1학년부터 4학년 학생들까지 학번에 관계없이 사회학과 학생들이 골고루 섞여 있었다. 앞자리에는 석사 과정과 박사 과정에 있는 몇몇 대학원생들도 눈에 띄었다. 그때 맨 앞자리에 있던 사회학과 조교가 교단 쪽으로 한 걸음 나서며 말문을 열었다.

"오늘 성 교수님 마지막 수업인 걸로 알고 있습니다. 오늘 아침에서야 소식을 듣고 연락되는 대로 저희 사회학과 학우들에게 문자하고 전화해서 이렇게 모였습니다. 아직 학기 중이고 교수님 학교 떠나시는 거 정말 말이 안 되는 줄 알고 있습니다만, 성 교수님 그냥 떠나버리시면 저희들 너무 섭섭할 것 같아서 허락도 없이 이렇게 강의실 오픈했습니다. 죄송합니다."

"자, 일단 자리에들 앉아. 세상에 비밀은 없다고 하지만 어제 정추위 회의에서 논의된 게 이렇게 오늘 아침 그대들에게까지 알려진 거 보면 우리 교수들 입이 가벼운 거야, 아님 여러분 정보력이 놀라운 거야?"

이 말에 일부 학생들이 웃기도 했지만 모두 아쉬운 표정이 역력했다. 평소 수업 시간과는 달리 학생들 눈빛이 진지해 보였다.

몇 번의 임원회의를 거쳐 어제 오후에 열린 전체 정추위 회의에서 학교 진로와 관련한 몇 가지 중대한 사항이 결정되었다. 올해 안으로 대학을 완전히 정상화시키기 위해 다음 주 안으로 재단이사회를 개최해 성빈 총장 당선자의 자진사퇴를 받아들이고 바로 총장 재선거 일정에 들어간다는 것과 이번 재선거는 정추위와 구 재단이 합의 추대한 1인의 후보로 사실상 선거인단의 찬반투표로 총장을 선출하게 된다는 것 그리고 총장 선거 바로 다음 날 재단이사회를 열어 총장 인준과 함께 새로운 재단이사장을 선출하되 구 재단의 친인척은 재단이사장 후보에서 제외한다는 내용이 만장일치로 결의되었다. 이 모든 내용은 이미 성빈과 이희상이 합의해 임원회의에 부친 내용이었다. 몇몇 젊은 교수들이 구 재단을 결코 인정할 수 없다며 반발했으나 몇 번의 임원회의를 통해 정추위의 입장이 정리된 후였고, 현실적으로 다른 대안이 없다는 대다수 정추위 교수들의 묵시적 동의로 전체 회의는 큰 무리 없이 끝을 맺었다. 성빈이 회의 마지막에 그동안 모두 고생했다는 짧은 인사말과 함께 내일 바로 학교를 떠나겠다고 밝힘으로써 회의에서 결정된 모든 내용이 구체적으로 진행된다는 현실감이 회의 참석자 모두에게 생생하게 전달되었다.

"여러분들이 먼저 마지막 수업이라고 규정을 해버리니까

뭔가 대단한 내용으로 강의를 해야 할 것 같은데, 그럴 능력도 없을 뿐만 아니라 사실 강의 내용에 뭔가 특별한 의미를 붙이는 건 여러분이 잘 알다시피 내 스타일도 아니잖아?"

오랜 기간 성빈을 겪어 온 앞자리 대학원생들의 동의하는 웃음소리가 짧게 이어졌다.

"앞으로 남은 한 달 반 동안은 여러분이 좋아하는 양 교수가 맡아서 진행할 거니까 수업 내용은 더 좋아질 거야. 자, 한마디로 시민사회 운동의 의미가 뭐지? 잘 살아 보자는 거잖아. 한쪽만 말고 모두가 잘 살아 보자는 거. 이게 말로는 잘 안 되니까 시민조직화도 하고, 캠페인도 하고, 그것도 안 되면 저항운동도 하고 그런 거란 말이야. 우리 C대학도 지난 몇 년 동안 그런 과정을 거쳤다고 할 수 있지. 내 수업 중에 '자유론' 강의 들은 학생 있나? 이 시민운동이라는 게 시민운동을 이끌어가는 소수 집단이 엘리트적인 사명감으로 대중에게 뭔가를 베풀려고 시작하면 처음엔 잘되는 거 같지만 결국엔 다 실패하고 말아. 역사적으로 그래. 넓은 의미에서 보면 마르크시즘도 그런 거고 말이야. 내 생각엔 그래. 헤겔의 경우엔 인간의 역사 발전을 긍정적인 관점에서 바라보았고, 그 원동력을 '절대정신'에서 찾았는데, 이 양반은 역사 발전의 단위를 국가라고 규정지었거든. 국가를 통해 '절대정신'을 구현하는 게 가능하다는 거지. 그런데 이제 현대 사회에선 이 '절대정신'을 실현해 갈 주체를 개인에게 즉, 인간에게 돌려줘야 맞는 것 같아. 여러분 모두 세상을 어떻게 살아가야 잘 살아가는 건지 사실 다 알고 있잖아. 요즘처럼 정보화된 현대사회에서 개인적으로 편차가 좀 있긴 하지만 기본적으로 누구나 다 정보와 지식은 갖고 있으니까 말이야. 문제는 인간의 자유의지가 심히 박약해서 그렇게 살지 못할 뿐인 거지. 그러니까 우리가 잘 살자는 핵심은 결국 인간이 자유로워지는 건데, 여러분 이 자유가 어디로부터 온다고 생각하나? 물질로부터, 권력으로부터 그리고 집단으로부터 우리가 진짜 자유로워져야…….”

강의를 마친 후 한 학생이 가슴에 안겨준 장미꽃 다발을 한 손에 들고 성빈은 서둘러 휴대폰을 꺼내들었다.

“잘 지냈나? 혹시 오늘 점심 시간 약속 없으면 나랑 같이 했으면 좋겠는데……. 선약이 있더라도 미안하지만 오늘 점심은 나하고 하도록 하지. 내가 평강동 지점 쪽으로 가면 되는데……. 아, 본점으로 옮겼다고? 그럼 더 잘됐네. 난 여기 학교니까 10분이면 그쪽으로 갈 수 있을 거야……. 그래, 지금 바로 출발하니까 도착해서 전화하겠네."

성빈은 그날 아침 숙소에서 나오면서 마지막 강의를 마친 후 이정인과 점심 시간에 만날 것을 머릿속에 그리고 있었다. 꼭 만나야 했지만 미리 연락을 해서 약속 시간을 잡는 건 왠지 마음에 내키지 않았다. 이정인도 약속에 응할 것 같지 않았고, 그에게 부담을 주는 것도 싫었다. 그리고 무엇보다 성빈 자신이 이정인을 만나는 부담에서 벗어나고 싶었다. 만나서 무슨 얘기를 할 것인지, 또 어떤 얘기를 듣고 싶은 것인지 미리 생각하는 것 자체가 싫었다. 갑작스럽게, 마치 길을 가다 우연히 마주치는 것처럼 둘이 만나는 게 가장 좋을 듯했다.

C은행 본점 빌딩은 C대학에서도 보일 만큼 가까운 곳에 있었다. 성빈은 은행 지하주차장에 차를 세우고 서둘러 큰길로 나와 음식점을 찾았다. 설렁탕을 먹으면 좋겠다는 생각을 아침부터 했었다. 짧은 시간 안에 먹을 수도 있고, 이것저것 음식에 신경 쓸 필요도 없고, 할 말이 없을 땐 후루룩 국물이라도 마시면 두 사람이 어색한 순간을 벗어나기도 쉬울 것 같았다. 마침 꽤나 널찍한 한옥 설렁탕집이 성빈의 눈

에 들어왔다. 점심 시간이 가까워졌는지 근처 직장인들이 삼삼오오 짝을 지어 음식점으로 들어갔다. 성빈은 그들 뒤를 따라 들어가 테이블 하나를 차지하고 앉아 시계를 들여다봤다. 막 12시를 지나고 있었다. 성빈은 이정인에게 전화를 했다. 채 몇 분도 지나지 않아 이정인이 식당으로 들어섰다. 마치 몇 년 만에, 그것도 만나지 말아야 할 사람을 만난 듯 둘은 영 어색했다. 이정인은 성빈의 눈을 마주치는 것도 쉽지 않은 듯 계속해서 눈길을 식탁 아래쪽으로만 돌리고 있었다. 미리 주문한 설렁탕 뚝배기에서 하얀 김이 모락모락 올라왔다. 제대로 익은 깍두기의 시큼한 냄새가 두 사람 사이의 공간을 채울 뿐 무거운 침묵이 흘렀다.

"별일 없었나?"

"……."

"시장할 텐데 밥부터 먹지."

성빈은 숟가락을 들고 설렁탕을 먹기 시작했다. 이정인도 마지못해 숟가락을 들어보지만 음식이 눈에 들어오지 않았다. 크게 한숨을 내쉬었다. 그리고 밥 먹는 대신 말을 시작했다.

"제가 먼저 말씀 드리겠습니다. 제가 사모님께 연락했었습니다. 교수님 총장 선거에 나오지 않도록 해달라고요. 그리고 제가 찍은 교수님 사진도 보냈습니다."

성빈은 계속해서 설렁탕 먹기에 열중했다. 깍두기를 설렁탕 국밥에 얹어서 꽤나 맛나게 먹었다. 상대방 말에는 크게 신경쓰지 않는 듯했다.

"이제 더 이상은 드릴 말씀 없습니다. 죄송하다고 말씀드리는 것 아무 의미 없는 것 같아서 하지 않겠습니다."

음식을 먹던 성빈이 이정인을 바라보았다.

"지금 점심 시간이잖아. 정인이랑 같이 설렁탕 먹고 싶었어. 아무 말도 필요 없으니까 같이 밥 먹자고. 이 집 깍두기가 아주 맛있네."

이정인도 밥을 먹기 시작했다. 둘은 아무 말 없이 설렁탕 뚝배기 그릇을 비우고 있었다.

성빈이 짐정리를 위해 교수 연구실로 돌아오니 사회학과 김 조교와 대학원생 몇 명이 차를 마시며 앉아 있었다.

"저희들 뭐 도와드릴 일이 없나 해서 교수님 기다리고 있었습니다."

"응, 고마워. 여기 있는 책들하고 논문 자료들 전부 그대들한테 넘길 테니까, 필요 없는 것들은 버리면 되고 쓸 만한 것들은 챙겨가도록 해."

"여기 시중에 없는 책들도 있고 귀중한 자료들도 많이 있는데, 저희들이 그냥 가져도 될까요?"

"그럼, 책값이라도 내려고? 교수가 제자들한테 연구자료 물려주는 건 기분 좋은 일이지. 그런데 한 30분만 있다 오면 안 되겠나? 내가 먼저 간단히 정리를 해 놓을게."

제자들이 돌아간 후 성빈은 방을 둘러봤다. 지난 8년 몇 개월의 흔적이 고스란히 담겨 있었다. 책상 위 액자 속에 들어 있는 현과 진의 어릴 때 사진은 세월의 흐름을 그대로 말해줬고, 연구실 들어올 때 새로 샀던 검정색 의자는 가죽이 닳을 만큼 닳아서 이미 버릴 때가 지난 듯했다. 벽에 걸린 두 개의 그림 중 하나는 몇 년 전 미술학과가 폐과되기 전에 친하게 지내던 화가가 그려준 추상화이고, 다른 하나는 정은채가 표고해서 걸어 놓은 모딜리아니의 '푸른 옷을 입은 소녀' 복사본이었다. 연필과 볼펜 등 색깔별로 필기도구가 꽂혀 있는 향기 나는 필통은 아직도 기분 좋은 향기를 풍겼다. 철따라 꽃이 담겨 있던 회의용 탁자 위에 놓인 자주색 빈 화병이 낯설었다. 방안 곳곳에 그녀의 흔적이 배어 있었다.

"명진 씨. 오랜만이에요. 오늘 마지막 강의했어요. 그동 안 명진 씨 도움 많이 받았는데……. 네, 떠나려고요……. 독일에 있는 친구한테 가려고요……. 언제 돌아올지는 나도 잘 모르겠고……. 목련꽃 가려고 했었는데 미안해요. 그냥 떠나는 게 좋을 것 같아서……. 그럼요. 돌아오면 연락해야 죠. 우린 좋은 친구잖아요."

통화를 마친 성빈은 메모지에 짧게 글을 적었다. 그리고 재킷 안주머니에서 흰색 봉투를 꺼내 메모지를 집어넣었다. 방안을 다시 한 번 둘러본 후 책꽂이에서 몇 권의 책과 일정 표를 적어 놓는 책상달력, 서랍 속 몇 개의 서류봉투를 가방 속에 차곡차곡 담았다. 그의 짐을 챙기는 데 30분도 채 걸리 지 않았다. 성빈은 때맞춰 돌아온 제자들과 포옹을 나누고, 마지막으로 조교에게 메모가 든 봉투를 건넸다.

"이거 시간 날 때 다문화센터 정 간사에게 좀 전해주게."

나비 꿈

성빈은 뮌헨의 명물 영국정원을 가로질러 레오폴트 거리로 들어섰다. 진눈깨비가 내리기 시작했다. 내일부터 기온이 영하로 내려간다고 했는데, 이제 본격적인 겨울로 접어드는 것이라고 성빈은 생각했다. 이틀 전 '괴테'란 이름이 반가워 망설임 없이 들어섰던 카페 여종업원이 얼굴을 알아봤는지 살짝 미소를 지었다.

"구텐 모르겐!"

성빈은 짧게 인사를 한 후 거리가 보이는 테이블에 자리를 잡았다. 배낭을 열어 노트북을 꺼내 전원 어댑터를 연결하고, 코트와 머플러를 벗어 가지런히 포개놓은 후 카운터로 갔다. 짧은 커트머리를 짙은 보라색으로 염색한 그녀는 코까지 피어싱을 했다. 비교적 패션에 보수적인 독일이지만 뮌헨의 쉬바빙은 모든 것이 다 용서가 되는 곳이라는 친구의 말이 생각났다. 성빈은 영어로 주문을 하고 그녀는 독일어로 대답을 하지만 소시지와 계란 프라이로 구성된 아침식사 한 접시와 커피 한 잔을 주문하는 데에는 아무런 문제가 없었다.

뮌헨에 도착한 후 사흘 동안 성빈은 죽은 듯 잠을 잤다. 뮌헨대에서 한국문학연구소를 이끌고 있는 소설가 강명훈은 갑자기 독일로 날아온 친구의 사연이 궁금할 법도 했지만 오히려 무심하다 싶을 정도로 아무런 관심도 보이지 않았다. 걸어서 10분 정도 거리에 있는 유럽에서 가장 넓다는 영국정원으로 산책 가는 길과 뮌헨 시내 중심가로 갈 수 있는 지하철 타는 방법을 알려주었을 뿐 아침부터 저녁까지 자기하는 일에 바빴다. 성빈으로선 그게 더 고맙고 편했다.

사흘이 지나고부터 성빈은 쉬바빙 거리를 배회하기 시작했다. 고흐, 마네, 모네, 클림트 같은 대가들의 작품을 아주 느긋하게 감상할 수 있는 미술관과 형형색색 온갖 과일, 수제 치즈, 나무에서 막 꺾어온 듯 싱싱해 보이는 수십 종의 꽃들을 눈요기할 수 있는 재래시장, 거기에다 거리 곳곳 보헤미안 냄새가 물씬 풍기는 다양한 연령대의 거리 악사들과 저마다 고

유한 풍모를 자랑하는 크고 작은 카페와 선술집 들이 슈바빙의 외로운 나그네에게 위로와 평안의 쉼터가 돼주는 듯했다.

독일의 작가, 화가, 음악가, 건축가 등 모든 장르의 예술가들이 그들의 자유로운 영혼을 아낌없이 발산한다는 이 슈바빙 거리에서 한국의 천재 문학소녀였던 전혜린은 왜 가슴 저미는 외로움과 지적 방황의 끝을 맛봐야 했을까.

성빈은 징그러울 만큼 깨끗이 정돈된 이자르 강변의 나무숲길을 걸으며 젊은 날 그의 의식 속 깊이 각인됐던 그녀의 자유로운 영혼을 한 발자국씩 느껴보았다. 짙은 갈색 빛 겨울 하늘 혹은 살짝 내보이는 파란 하늘, 축축하게 젖은 채 길바닥에 떨어진 낙엽 혹은 앙상한 나뭇가지에 붙어 있는 나뭇잎, 목덜미를 스치는 차가운 바람 혹은 뺨을 어루만지는 무심한 바람, 그리고 누구든 말을 붙여볼 수 있을 것 같은 관광객들, 혹은 가까이 하기엔 너무 멀게만 느껴지는 백색 피부의 사람들.

옛날이나 지금이나 아시아의 작은 나라에서 이곳에 오면 눈에 보이는 모든 것들을 자유롭게 호흡하고 느끼고 사랑할 수 있지만 결코 일체감을 가질 수는 없다. 그건 애초부터 하나가 될 수 없는 태생적 이질감 때문일 것이다. 그래서 낯선 땅에서 영혼이 자유로워지면 그럴수록 가슴은 공허해지고 외로움은 깊어질 뿐이다.

성빈은 독일식 두툼한 소시지를 한입 베어 먹고 진한 커피 한 모금을 마셨다. 카페 유리창 너머로 수염을 길게 기른 거리악사가 진눈깨비를 맞아가며 바이올린을 켜고 있는 모습이 눈에 들어왔다. 한둘 지나던 사람이 악사가 바닥에 놓아둔 챙 넓은 모자에 동전을 던졌다. 바이올린을 켜는 사람과 동전을 넣는 사람은 굳이 눈빛 같은 걸 교환하지 않고도 각자의 역할에 충실하다. 검은 부르카를 온몸에 두른 한 무슬림 여성이 빼꼼히 내민 두 눈으로 마치 세상을 확인하듯 전방을 응시하며 길을 가고 있고, 그 뒤를 따르던 젊은 남녀가 잠시 걸음을 멈춘 채 뜨겁게 입을 맞추었다.

성빈은 테이블 위에 얌전히 놓인 노트북의 전원을 켰다. 이 낯선 공간에서 그도 자신의 존재를 확인하기 위해 뭔가 역할을 수행하지 않으면 안 된다는 생각이 들었다. 자신의 의지대로 거침없이 살아갈 수 있는 투사가 되어야만 낯선 땅에서 살아남을 수 있다. 한동안 유리창 밖을 응시하던 성빈이 노트북 빈 공간에 지난여름의 기억을 써내려가기 시작했다.

정은채는 일주일째 꿈속을 헤매고 있었다. 아침에 일어나면 무슨 꿈을 꿨는지 전혀 생각이 나지 않지만 잠이 들면 그녀는 꿈속을 헤매다 잠에서 깨어나곤 했다. 오늘도 그녀는 꿈을 꾸다가 눈을 떴다. 그녀는 일어날 생각도 없이 침대에 꼼짝없이 누워 있었다. 오늘은 기억 속에서 막 사라져가는 꿈속의 마지막 장면을 안간힘을 다해 떠올렸다.

그녀는 아주 어린아이의 모습으로 짧은 단발머리에 하늘색 원피스를 입고 두 발을 팔짝거리며 날아가는 나비를 잡으려고 했다. 하지만 파란색 나비는 그녀가 뛰어오른 만큼 공중으로 솟구치며 저 멀리 하늘로 날아가고 있었다. 안타까운 마음으로 계속 뒤쫓아 보지만 나비는 아랑곳없이 하늘을 향해 날갯짓을 했다. 한참이나 뛰어가던 그녀에게 갑자기 까마득한 절벽이 펼쳐졌다. 발아래엔 깊고 푸른 강물이 흘렀다. 파란 나비가 그곳에서 날아올랐다. 그녀는 나비처럼 하늘을 향해 몸을 날렸다.

정은채는 자리에서 벌떡 일어나 책상서랍 속에서 하얀 봉투를 꺼냈다. 뮌헨 행 편도 항공권과 함께 벌써 몇 번이나 읽었던 짧은 글이 그녀의 눈앞에 떠올랐다.

기다릴게.

치열했던 방송생활 30년을 정리하고 먹먹해진 가슴을 안고 훌쩍 먼 길을 떠났다.

암울했던 시절, 가난하고 힘없고 가진 것 없는 사람들의 삶의 현장에서 결국 우리 사회의 권력구조가 바뀌지 않으면 아무런 희망이 없음을 확인했다. 또한, 권력구조가 바뀐다고 해도 동시대를 살아가는 사람들의 보편적 가치 기준과 삶의 방식이 바뀌지 않는 한 우리가 발 딛고 살아가는 이 사회의 변혁은 불가능함도 확인했다.

일상 속 슬픈 일을 보면 눈물을 흘려야 하고, 정의롭지 못한 상황에서 때로는 분노할 줄 알아야 하며, 그리고 같은 시대를 살아가는 이웃으로서 서로에 대한 최소한의 관심과 배려는 생각하는 인간으로서 마땅히 가져야 할 책무다.

젊은 시절부터 해소되지 않은 갈증이 있었다. 사회생활을 시작하고, 결혼을 하고, 자식을 낳고, 그리고 직장생활을 마무리했음에도 결코 해소되지 못한 목마름이 있었다. 어느 순간, 걸어온 삶의 발자취를 뒤돌아보면 아쉬움만 가득한데 더 나은 내일을 기약할 수도 없는 현실이 우리를 더욱 슬프게 한다.

이 시대를 살아가는 사람들과 함께 그 목마름에 대해 얘기하고 싶었다. 거창한 이념이나 환상, 성공신화에 주눅 드는 것이 아니라 이 땅에 발 딛고 살아가는 사람들이 진짜 아파하는 삶을 얘기하고 싶었다. 관념의 형상화나 이념적, 문학적 수사는 나의 능력 밖이기도 하지만 맨 얼굴 그대로 드러내놓고 싶었다.

올해 파주 헤이리에서 보낸 봄날은 유난히도 나의 가슴을 뛰게 했다. 살아있음을 느낄 수 있다는 것만으로도 감사할 일이다.

2016년 햇살좋은 날
윤 병 대